令和に歩く
菅笠日記

雑賀 耕三郎

菅笠日記版本(著者所蔵)

菅笠日記版本(著者所蔵)

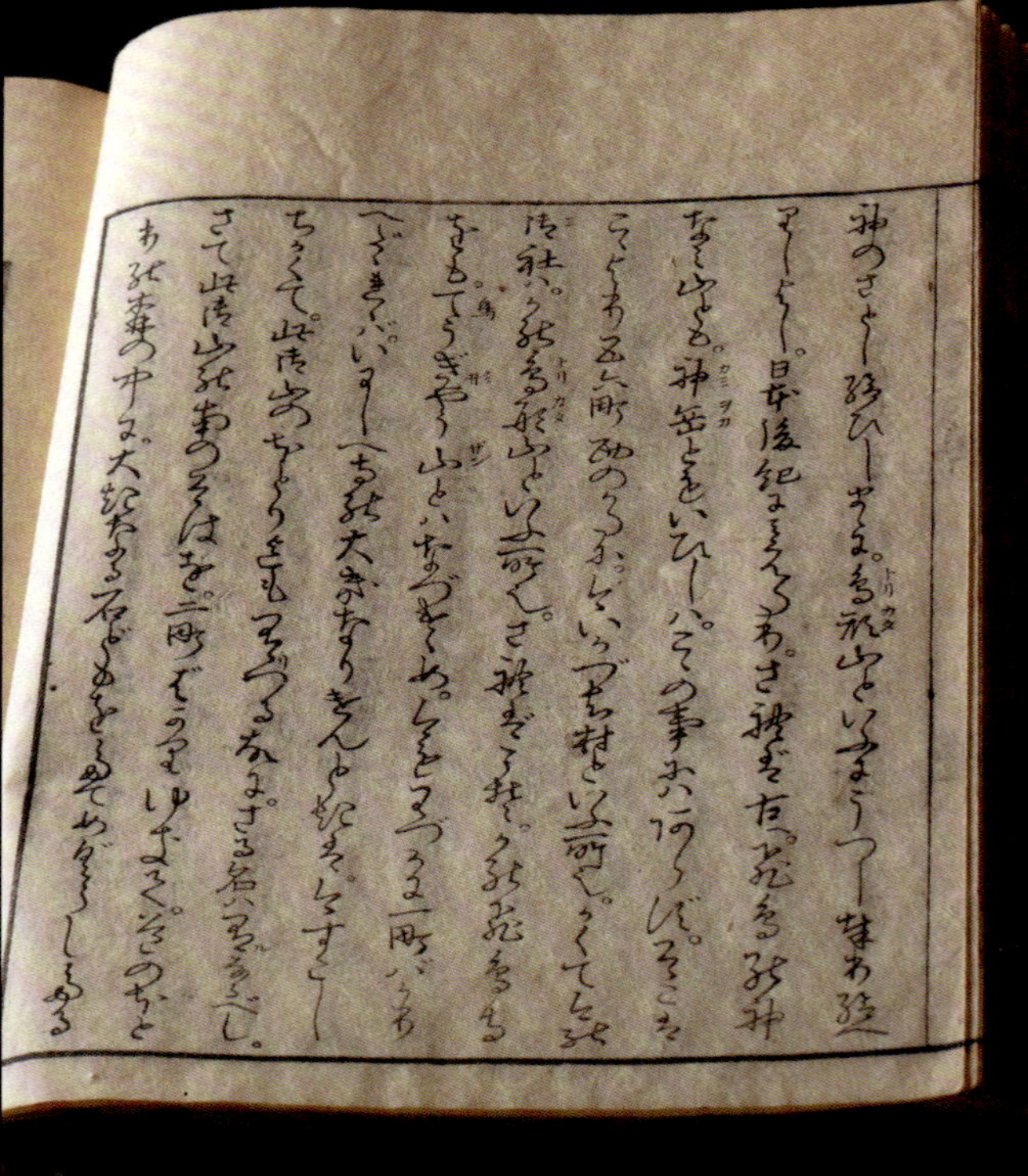

菅笠日記版本(著者所蔵)

聖観音菩薩立像(徳蔵寺所蔵)　撮影·岡下浩二

蔵王権現立像(如意輪寺所蔵)　撮影:岡下浩二

時の貝（大本山長谷寺）

長谷寺の桜

談山神社の桜

談山神社（神廟拝所）

吉野山の桜（中千本）

桜を植える吉野山保勝会

はじめに

『菅笠日記《すがかさのにき》』という書がある。国学者の本居宣長《もとおりのりなが》が大和を巡り、それをまとめた。歩いたのは二五〇年前。その道が今の時代に辿れるか、それを試してみたかった。さらに、この旅行記をことごとく読める形となった書物がほしかった。以上は筆者の思いだった。

この思いを人頼みとせず、自らの手で実現できないかと考えた。『日記』に記された道を、自らの足で歩いてみた。長い時は経ているが、『日記』に示された名所旧跡を、令和の時代に自らの目で確かめることに成功した。

江戸時代の道をさがし、辿ることには苦労した。雪の吉野山を歩き、猛暑に多気から鸞《あららぎ》への道も歩いた。旧道が途切れていたり、自動車道路に吸い込まれていたりで歩行が難しいという所も随所にあった。通いなれた奈良県の神社、仏閣を宣長の目で見直したりもした。そこには驚きがあり、感動もあった。

大本は『菅笠日記』である。この書の魅力を三点で示してみたい。

一つ目。宣長は大和の旅日記を書いた。三世紀から八世紀にかけて大和に発した政権は日本の国の形を決め、その基礎を築いていくことに成功する。したがって大和の史跡の実見は、日本の歴史、そのものを探るこころみであった。『菅笠日記』は大和を巡りつつも、国の歴史を考え解明する。

二つ目。宣長は吉野と大和を歩いた。見たり聞いたりしたことをきわめて客観的に書き表している。物事のとらえ方が現代の目から見ても、きわめて実証的で、表現は鮮明である。旅日記としての普遍的な価値が認められる所以である。

三つ目。『日記』は歌日記としても惹かれるものがある。現場の情景に合わせて、御詠歌から『万葉集』に至るまで三十首ほどの歌を紹介し、自らの歌も五十首ほど添えている。

かくして、『日記』は現在も生命力を失わない。

「吉野の花見」とあり、出立は春である。友人、門人、従者あわせて七名の旅である。

順路として宇陀市の三本松から大和に入った。桜井市、吉野町、川上村、大淀町、高取町、明日香村、橿原市を経て帰路に就く。見分は初瀬に始まり、最後は三輪という事だった。

行程は松坂が起点で終着も松坂だった。往路は阿保越（後の初瀬街道）、復路は伊勢本街道だった。道順に沿って名所旧跡、神社、仏閣を調べた。『古事記』、『日本書紀』、『万葉集』にも照らし合わせて検討を行っているが、現地の識者、ガイドなどからの取材もていねいである。歴史的な解明だけではなく、当時の人々の思い、言葉が書き込まれている。

話しが変わるようだが、伝世古《でんせいこ》と土中古《どちゅうこ》という言葉がある。伝世古とは、人の手から手に守り続けられた古いもの、古い事柄のことである。土中古とは一度は否定され、土の中や海の底に沈み、それが見つけ出されて再評価されたということである。

『菅笠日記』は、関係の地域にとっては「伝世古」の役割を持っていたと言えるだろう。伝世古には人の手が必要だ。人々の暮らし、地域の歴史や行事・儀式などは、人の手により、リレー競争のバトンのように伝えられていく。二五〇年前、宣長が取材し、記録された『菅笠日記』は、この地における伝世古ともなっている。このリレーのバトンを宣長は握ったのである。『日記』には、その時代の郷土の姿が示されていた。それに共感して、『日記』のコースに当たる各市町村は、こぞって『日記』の関係部分を郷土史の一ページとして収録したのは理由があった。

伝世古のリレーは宣長で終わるわけではない。このリレーは今でも続いている。このリレーに参加したい、このリレーのバトンを握りたい、その思いでこの企画、執筆に筆者も情熱を傾けたのである。

この書を契機として、奈良県の中南部、伊勢街道を訪れていただきたい。この地の歴史を守り、ゆたかな彩《いろどり》を付け加え、歴史を語り伝えるリレーのバトンをあなたが握られることを願って、はじめのことばとしたい。

令和六年十月

雑賀　耕三郎

もくじ

第三章　花の吉野山

第四章 飛鳥へ。飛鳥にて

第五章 大和三山と藤原宮跡

第六章　伊勢本街道を松坂へ

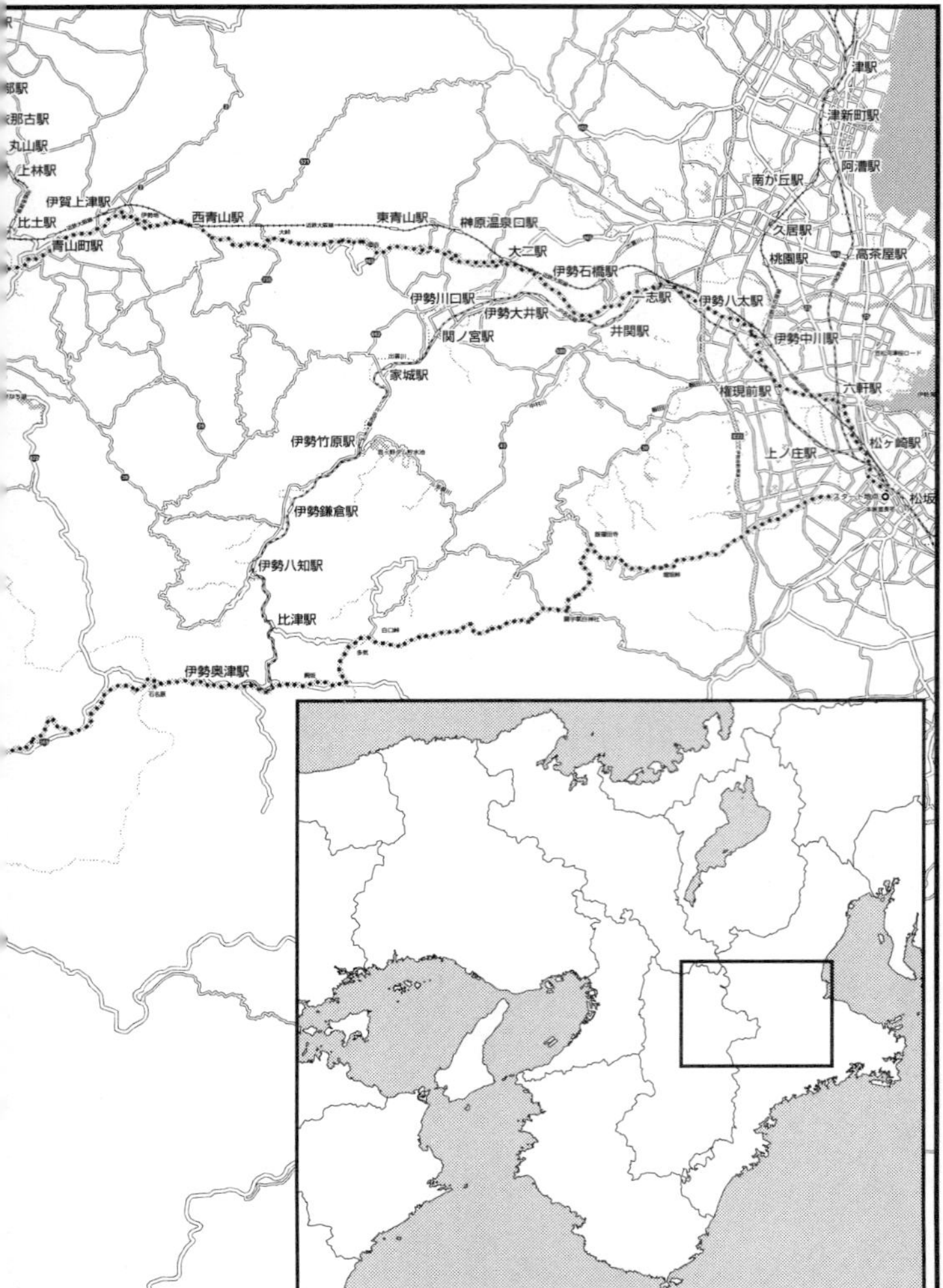
津駅
津新町駅
阿漕駅
南が丘駅
久居駅
桃園駅
高茶屋駅
丸山駅
上林駅
伊賀上津駅
比土駅
青山町駅
西青山駅
東青山駅
榊原温泉口駅
大三駅
伊勢石橋駅
一志駅
伊勢八太駅
伊勢川口駅
伊勢大井駅
関ノ宮駅
井関駅
伊勢中川駅
家城駅
権現前駅
六軒駅
伊勢竹原駅
松ヶ崎駅
上ノ庄駅
伊勢鎌倉駅
伊勢八知駅
比津駅
伊勢奥津駅

「菅笠日記」 全旅程 松坂～吉野山

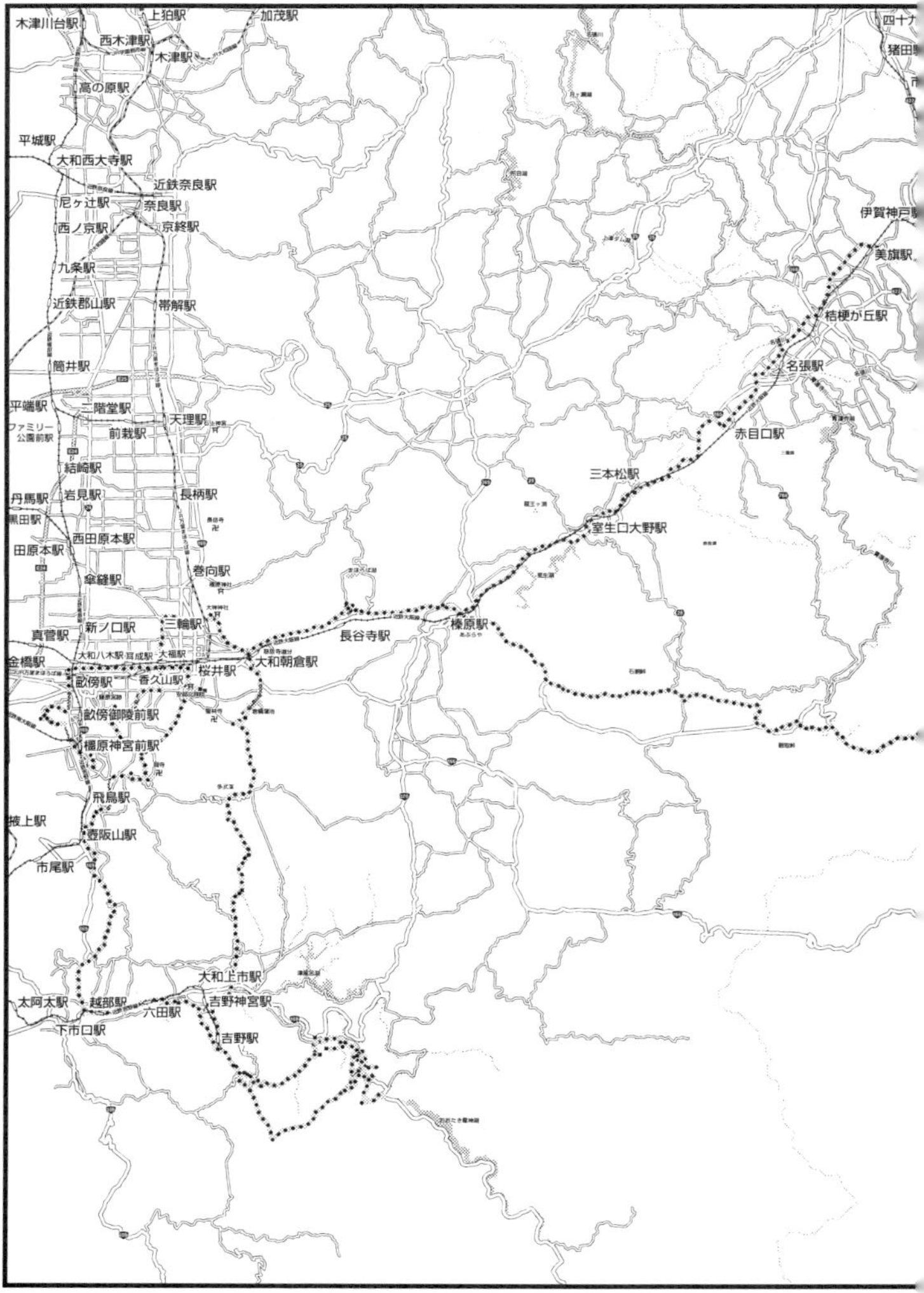

凡例

『菅笠日記』の原文を示し、当時の大和の風景を解き明かした。併せて、『日記』とはつかず離れずで、現代の風景・神社仏閣・遺跡の姿を示した。

『菅笠日記』本文について

一、著者蔵の『須我笠の日記上』、『菅笠日記下』（寛政十一年己未初秋）の版本を翻字した。

一、読解の便宜のために、次のようなルールで翻字をおこなった。

①ひらがなを適宜、漢字に変えている。漢字を平仮名に変えたり、異なる漢字をあてたりしたところがある。

②送り仮名については新たに加えた場合がある。

③フリガナは省略したり、適宜新たに付け加えたりをしている。

④原文には句点と読点の区別のない印が大量に印されている。適宜、句読点に区別した。

⑤原文は改行が無い。文意に沿って、改行おこなっている。

⑥和歌（宣長作と引用された歌）は、原文に忠実に記した。宣長の歌は、改行し二字下げとした。

その他

一、参考文献の項目は立てなかった。引用文献、参考文献、著者は本文内に記載している。「引用」は原文を正しく記した。「論」にまとめた場合は、「あらまし」とか「意」と紹介している。

一、文中の敬称はすべて略した。はなはだしく失礼ではあったが、これは深くお詫びしたい。

第一章

阿保越道（初瀬街道）にて
大和の国へ

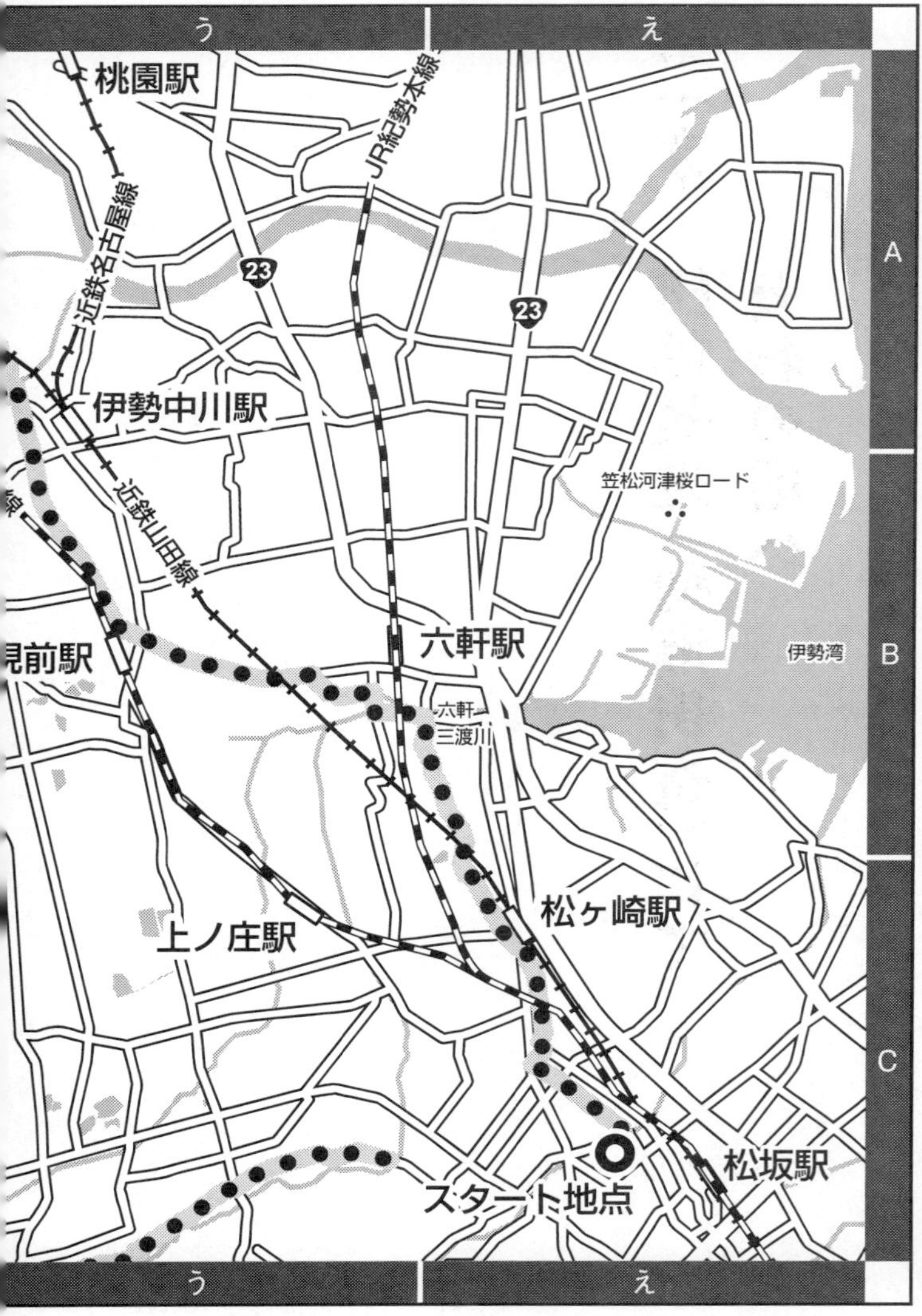
う
え
桃園駅
JR紀勢本線
近鉄名古屋線
23
23
A
伊勢中川駅
笠松河津桜ロード
近鉄山田線
B
見前駅
六軒駅
伊勢湾
六軒
三渡川
松ヶ崎駅
上ノ庄駅
C
松坂駅
スタート地点
う
え

松坂～阿保越～室生～宇陀

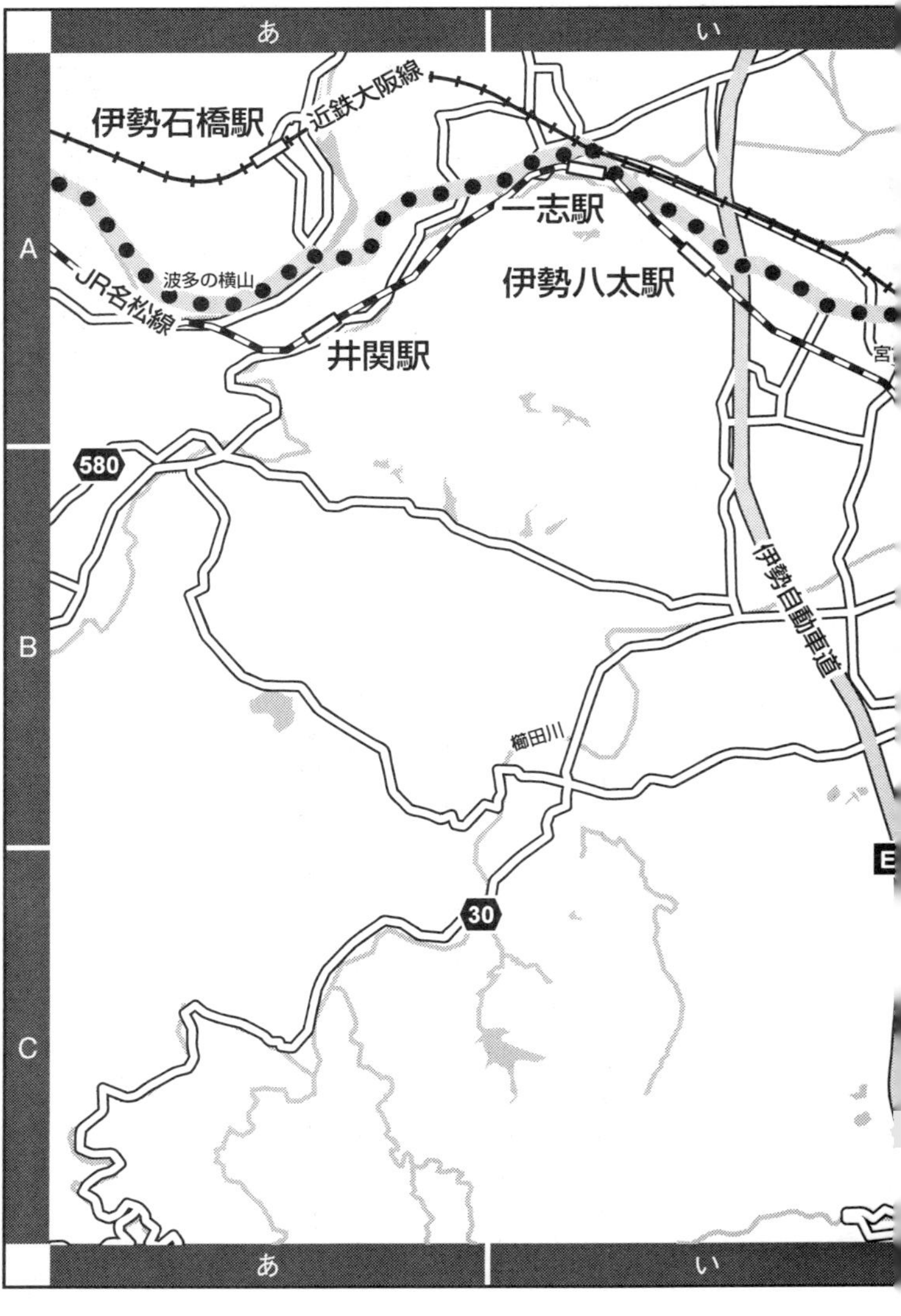
あ
い
A
B
C
伊勢石橋駅
近鉄大阪線
一志駅
伊勢八太駅
波多の横山
JR名松線
井関駅
580
伊勢自動車道
櫛田川
30

松坂を出でたつ

菅笠日記　上の巻　　　本居宣長

ことし明和の九年《ここのとせ》といふとし、いかなるよき年にかあるらむ、よき人のよく見て、よしといひおきける、吉野の花見にと思ひたつ。【萬葉一に「よき人のよしとよく見てよしといひし吉野よく見よよき人よく見つ」】

そも〳〵この山分衣《やまわけごろも》のあらましは、廿年《はたとせ》ばかりにも成りぬるを、春ごとにさはりのみして、いたづらに心のうちにふりにしを、さのみやはと、あながちに思ひおこして、出でたつになん有りける。さるは何ばかり久しかるべき旅にもあらねば、そのいそぎとて、殊にするわざもなけれど心はいそがはし。明日《あす》たゝんとての日は、まだつとめてより麻《ぬさ》きざみそゝくりなどいとまもなし。

その袋にかきつけける歌。

うけよ猶《なほ》花の錦にあく神も　心くだきし春のたむけは

明和九年（一七七二）の春、本居宣長は松坂（伊勢国）から吉野に向かう。阿保《あお》越道（初瀬街道）が往路、帰る道は伊勢本街道だった。旅立ちが三月五日（新暦四月七日）、帰り着くのが三月十四日（新暦四月十六日）であった。

現在の宇陀市、桜井市、大淀町、吉野町、高取町、明日香村、橿原市を丹念に巡った。松阪市・津市・伊賀上野市・名張市を経て奈良県に入り、帰る道は宇陀市、曽爾村、御杖村を経て三重県に戻り、津市を経て松阪市というルートだった。

吉野水分神社への参詣を、かねてから宣長は切望していた。吉野山の桜にも執着をしており、この旅の二十年も前の『在京日記』に「吉野の花見にまいらまほし」、しかし「年ころねがひ侍れど今にえまかり侍らず」と、吉野行きが実現しないことを惜しむ言葉を残している。

この旅は満を持しての旅だった。

本居宣長旧宅跡（大和への旅は此処から始まる）

同行者は覚性院の戒言法師、友人の小泉見庵、門弟の稲掛棟隆、その子の茂穂、門弟の中里の常雄である。従者もいた。旅先では道案内を雇う事もあった。

この旅行を、宣長は『菅笠日記』としてまとめた。旅行記は旅を終えてすぐにまとめられた。七月には、早くも友人の谷川士清の読後感が書簡で届けられている。なぜか出版は遅れる。初版は寛政七年（一七九五）で、旅から二十年も経っていた。『菅笠日記』は好評を博し、初版に続き寛政八年版、十一年版と版を重ねた。

『記紀』（古事記・日本書紀）、『万葉集』に照らし合わせつつ、宣長は大和の宮跡、陵、古跡を見分した。それをまとめた。さらに情景に合わせて、『万葉集』から御詠歌に至るまで三十首ほどの古歌も紹介し、自らの歌も五十首ほど収めており、「歌日記」としても惹かれるものがある。

「うけよ猶《なほ》花の錦にあく神も　心くだきし春のたむけは」

旅立つ前日、宣長は幣袋《ぬさ》を準備する。峠や岐《ちまた》に祀られている神に、幣を奉りつつの旅である。この幣袋に宣長は歌をしたためた。「数々の捧げもの、美しい花に神は見なれているでしょうが、心をこめた私の花も受け取ってください」と、道中の安全を祈願する。

市場の庄と三渡り川

ころは三月《やよひ》のはじめ、五日の暁、まだ夜《よ》をこめて立出《たちい》でける。市場の庄などいふわたりにて、夜は明はてにけり。さてゆく道は、三渡《みわた》りの橋のもとより、左にわかれて、川のそひをやゝのぼりて、板橋をわたる。

此のわたり迄は、事にふれつゝ、をり〳〵物する所なれば、めづらしげもなきを、このわかれゆくかたは、阿保《あほ》ごえとかやいひて、伊賀國をへて初瀬にいづる道になん有りける。此の道も、むかし一度《ひとたび》二度《ふたたび》は物せしかど、年へにければ、みなわすれて、今はじめたらんやうに、いとめづらしく覚ゆるを、よべより空うろくもりて、をり〳〵雨ふりつゝ、よものながめもはれ〴〵しからず。旅衣《たびごろも》の袖ぬれて、うろつけにかころがほなるも、かつはをかし。津屋庄《つやじやう》といふ里を過ぎて、はる〴〵と遠き野原を分け行きて、小川村にいたる。

雨ふればけふはを川の名にしおひて　しみづながるゝ里の中道

伊勢街道を北にすすむ。一里ほどで六軒に到着、三渡りの橋のたもとである。直進すれば白子や桑名へ、橋の手前を左に折れれば大和への街道である。ここは桑名への「参宮街道」、初瀬に向かう「青越《阿保》伊勢街道」の追分で、繁華な町だった。伊勢参りの道者（参拝者）を目当てにした茶屋もあれば、この地の商業地としても栄えていた。街道に面して、大きな家屋敷が立ち並んでいた。

この橋のたもとには、大きな道標が立てられている。「いかこへ追分」、「右いせみち」、「やまとめぐりかうや道」、「大和七在所順道」と太く、深く彫られており、小さく「六軒茶屋」と刻まれる。宣長が歩む道は「やまとめぐりこうや道」だろう。通称、「初瀬街道」であるが、この名が定められたのは明治一〇年ごろで、それまでは峠の名をとって「青山越」と言ったり、その峠の麓の名をとって「阿保越」などと呼ばれていた。六軒の追分の道標にあるように「やまとめぐりこうや道」の表記もあり、街道の名は統一されていなかった。ここでは、『菅笠日記』にそって、「阿保越」で話しをすすめたい。

道は津屋庄の里を通る。神社の樟の大樹が旧街道をもおおっている。神社は中原神社、解説板には「当社は昔、龍王神社と呼ばれ、須可村、須賀領村、津屋城村の共祭社であった。明治四十三年（一九一〇）、中原全域の各神社を合祀して中原神社と称し、豊玉彦命他七社を祭る」と記される。「初瀬街道に面し旅人や村人に親しまれ、龍灯の森または鶴の宮戸とも呼ばれ、大晦日の夜には神々が集まり、その化身である火の玉が上空を舞うという」と怪異も述べられている。

都の里、忘れ井の清水

この村をはなれて、みやこ川といふ川、せばき板橋を渡りて都の里あり。むかしいつきの宮の女房の、言の葉をのこせる忘井《わすれゐ》といふ清水は【千載集旅に斎宮の甲斐「わかれゆく都の方のこひしきにいざむすび見んわすれ井の水」】、今その跡とて、方をつくりて、石ぶみなど立てたる所の、外にあなれど、そはあらぬ所にて、まことのは此の里になんあると、近きころわがさと人の、たづねいでたる事あり。げにかの歌、千載集には、群行《ぐんかう》のときとしるされたれど、ふるき書《ふみ》を見るに、すべていつきのみこの京にかへりのぼらせ給ふとき、此のわたりなる壹志《いちし》の頓宮《とんぐう》より、二道《ふたみち》に別れてなん、御供《おんとも》の女房たちはのぼりければ、わかれ行くみやこのかたとは、そのをり此の里の名によせてこそはよめりけめ。なほさもと思ひよる事どもおほかれば、年ごろゆかしくて、ふりはえても尋ね見まほしかりつるに。今日よき序《ついで》なれば、立よりてたづね見るに、まことに古き井あり、昔よりいみしきひでりにもかれずなどして、めでたきし清水なりとぞ。されどさせるふるき伝へごともなきよし、里人《さとびと》もいひ、又たしかにかのわすれ井なるべきさまとも見えず、いとうたがはしくこそ。

なほくはしくも、問《と》ひ聞《き》かまほしけれど、此度《こたび》はゆくさきのいそがるれば、さて過ぎぬ。

此のわたりの山に、天花寺《てんげじ》の城のあと、又かの寺のがらんの跡などのこれりとかや。又かの小川村

──の神とて、此の里に社のあなるは、神名帳に見えたる、小川の神の社にやおはすらん。──


街道を外れて、宣長は都（宮古）の里の忘れ井に立ち寄った。

斎宮と言う制があった。『延喜式』（平安時代中期、国の決まりを定めた法令条例集）は斎王のこと、斎宮のありさまを詳細に示している。天皇に代って伊勢神宮に仕える斎王と官人たちの役所が置かれ、それをいつきの宮（斎宮）という。斎宮は多気郡明和町に置かれていた。斎王は天皇が即位するたびに、内親王や女王の中から占いで選ばれて、いつきの宮に向かった。それを「群行」という。「天仁元年斎宮群行の時、忘れ井といふ所にてよめる　斎宮甲斐　別れ行くみやこのかたの恋しきにいざむすび見ん忘れ井の水」（『千載和歌集五〇七』）とあり、この「忘れ井」がここでの主題である。

歌意が問題となる。「別れてゆく都は恋しいが、清水で雪いで覚悟を決める」とみて、群行の歌とみる見方がある。「いざむすび見ん」の「むすび」を祭祀とみて、厳かな儀式の歌との論である。一方、宣長は斎王が還御される時の歌とみる。帰り道が鈴鹿越えと大和経由という二道《ふたみち》に別れた歴史もあり、その別れを惜しむ歌としてとらえる。

行きか帰りかという論と併せて、忘れ井の場所も二カ所が伝承されている。宣長がいま立っている都の里の忘れ井と、伊勢（参宮）街道の市場庄（松阪市市場庄）の忘れ井である。どちらにも石組みの井戸があり、標石が立てられている。『日記』によれば、二つの井戸は江戸時代の半ばには、すでに古跡であった。伊勢路を歩く参拝者にも名所として知られている。しかし、これは平安時代の遺跡である。平安時代に石組みの井戸は考えにくいと識者は指摘する。一帯は洪水域の平野で、地形も大きく変わって来たと思われる。

この二カ所の井戸は中世、近世と長く伝承されてきた遺跡である。いまとなっては、是非を決める必要も無く、それぞれを大切にしていきたいところである。

宣長も、「なお詳しく問い聞きたかったが、此度は先に急がれる」として、断定を避けている。

官女甲斐が仕えた斎王は、鳥羽天皇㛮子《あいこ》内親王である。天仁元年（一一〇八）の卜定（占い）により定められ、足掛け三年間の潔斎生活を経て天永元年（一一一〇）九月に群行が催された。勢多頓宮、近江の甲賀、垂水頓宮を経て、伊勢の鈴鹿、最後が壱志頓宮の旅であったと記録が残される。

宮古の忘れ井

雲出川。大仰、波多の横山

さて三渡りより二里といふに、八太《はた》といふ驛《うまや》あり。八太川、これも板橋なり。雨なほやまずふる、かくてはよし野の花いかゞあらんと、ゆく〳〵友どちいひかはして。

春雨にほさぬ袖よりこのたびは　しをれむ花の色をこそ思へ

田尻村といふ所より、やう〳〵山路にかゝりて、谷戸大仰《たにどおほのき》などいふ里を過ぎゆく。こゝまで道すがら、ところ〴〵櫻の花ざかり也。立やすらひては見つゝゆく。

しばしとてたちとまりてもとまりにし　友こひしのぶ花のこの本

大のき川、大きなる川也、雲出《くもづ》川のかはかみとぞいふ。此の川のあなたも、猶《なお》同じ里にて、家ども立ちなみたり。さて川辺をのぼりゆくあたりのけしきいとよし。大きなる磐《いはほ》ども、山にも道のほとりにも、川の中にもいとおほくて、所々に岩淵などのあるを見くだしたる、いとおそろし。かの吹黄《ふきの》刀自《とじ》がよめりし、波多《はた》の横山《よこやま》の磐といふは【萬葉一に「川上のゆつ岩村にこけむさず　つねにもがもなとこをとめにて」】、此のわたりならんと、あがた居の大人《うし》のいはれしは、げにさもあらんかし。鈴鹿にしも、かの跡とてあなるは、はやくいつはり也けり。

宮古をでて八太に向かう。この一帯は八太郷といい郡衙の跡とされ、多数の古代寺院の跡が残されている。伊勢の南北の道と大和からの道が出会う場所で、この地は古代からの交通の要衝で、江戸時代にも宿場として賑わっていた。

八太川を渡ると田尻である。津市一志町の中心地として一志町田尻の里の名が残る。阿保ごえ道沿いには道標もあり、町を抜けると谷戸坂、大仰《おおのき》に至る。道は大仰で雲出川に出合う。橋を渡ると「太二の常夜燈が立ち、「大仰有料橋跡　架設三百二十年」の碑を併せ立てる。この橋を宣長一行は渡った。

川に沿って西へ歩く。北側から山が覆いかぶさってくる。山側に巨石があり、川岸には対となっている巨石が目に入る。いずれも地蔵尊が刻まれる。川岸の巨石は、安政元年（一八五四）の地震で地蔵尊を刻み込んだまま川に落ちた石という。地震の前までは並んだ二つの巨岩に刻まれた地蔵尊だったのか。在りし日の姿を想像して手を合わせる。

宣長は、ここで『万葉集』を考える。

「河上のゆつ岩群に草《こけ》むさず　つねにもがもな常娘子《とこをとめ》にて」『万葉集』巻一の二十二。「十市皇女、伊勢の神宮に参ゐ赴《まゐおもむ》く時に、波多《はた》の横山の巌を見て吹黄刀自《ふきのとじ》の作れる歌」とある。

十市皇女は大友皇子の妃、天武天皇と額田王の皇女である。壬申の乱の後は天武天皇のもとに戻り、天武七年（六七八）に亡くなっている。

この「横山の巌」が古くからの論の的となっている。「あがた居のうし（賀茂真淵）のいはれしは」は「この辺りか」と宣長は考える。「鈴鹿に、かの跡があるなどは偽り」とも論ずる。鈴鹿峠が参宮路に使われるのは平安時代からの事であり、飛鳥の時代に鈴鹿峠が大和から伊勢への順路とはなりえない。かといって「此のあたり」となると、現代でも各論が噴出する。宣長が立っている大仰の雲出川。名松線の井関辺り、さらに上流の波瀬辺りなどが候補地となる。犬養孝は「旧八太郷の範囲、参宮路の新古、横山の巌の解釈、原文河上の訓釈など問題がからんでにわかには定められない」と断定を避ける。

歌は、「神聖な岩の群れに草が生えないように、乙女も永遠の乙女であるだろう」という意だろうか。

雲出川　波多の横山の砦

阿保の山路と伊勢地の宿

此のわたりゆく程は、雨もやみぬ。小倭《をやまと》の二本木といふ宿にて、物など食いてしばしやすむ。八太《はた》よりこゝ迄二里半なりとぞ。そこを過ぎて、垣内《かいと》といふ宿へ一里半、その垣内をはなれて、阿保《あお》の山路にかゝるほど、又雨ふりいでゝいとわびし。をりしも鶯のなきけるを聞《き》きて。

旅衣たもととほりてうくひずと　われこそなかめ春雨のそら

【古今物名うぐひす「心から花のしづくにそほぢつゝうくひずとのみ鳥のなくらん」】。

ゆき〳〵てたむけにいたる。こゝまでは壹志《いろし》郡《こほり》、こゝよりゆくさきは、伊賀の国伊賀の郡也。おほかた此の山路《やまぢ》は、かの過ぎこし垣内より、伊勢地《いせぢ》といふ所迄、三里がほどつゞきて、ゆけど〳〵はてなきに、雨もいみじうふりまさり、日さへ暮はてゝ、いとくらきに、しらぬ山路をわりなくたどりつゝゆくほど、かゝらでも有りぬべき物を、なにゝきつらんとまでいとわびし。からうじて伊勢地の宿にゆきつきたる。うれしさも又いはんかたなし。そこに松本のなにがしといふものゝ家にやどりぬ。

健脚である。松阪から三渡りまで一里（四キロメートルほど）。三渡りから八太まで二里、二本木まで二里半、垣内《かいと》まで一里半、伊勢地の宿まで三里と記される。トータルで十里、ほぼ四十キロメートルを歩いている。

一志郡の垣内から伊賀の郡の伊勢地に向かう。標高差四百メートル、三里の山路である。「ゆけどゆけどはてなきに、雨もいみじうふりまさり」と、泣き言も出る。暗くなってから伊勢地の宿に入った。垣内、伊勢地は大きな峠の東西に立地し、伊勢街道の宿として大いに賑わっていた。

阿保の大峠には道標《みちしるべ》の地蔵が残る。「みやかわ迠十二り半」「はせ迠十一里半」「津　岡長次郎」と刻まれる。峠の東には伊勢茶屋、西には伊賀茶屋があり、その跡をみることができる。

津市白山町垣内、阿保越の東の口

阿保越、大峠の道標地蔵

伊賀市青山町伊勢地
大和屋を名乗ったかつての旅籠

伊勢街道と参宮の旅

六日。けさは明けはて、やどりをいづ。十丁ばかり行きて、道の左に、中山といふ山のいはほ、いとあやし。

河づらの伊賀の中山なか〱に　見れば過うき岸のいはむら

かくいふは、きのふ越《こ》えしあほ山よりいづる、阿保川のほとりなり。朝川わたりて、その河べをつたひゆく。

岡田、別府などといふ里を過て、左にちかく、阿保の大森明神と申す神おはしますは、大村の神社(式に伊賀郡)などをあやまりて、かくまうすにはあらじや。

なほ川にそひつゝゆき〱て、阿保の宿の入口にて又わたる。昨日の雨に水まさりて、橋もなければ、衣かゝげてかちわたりす。水いと寒し。いせぢより此驛《うまや》まで一里なり。さてはねといふ所にて、又同じ川の板ばしを渡る。こゝにてははね川とぞいふなる。すこしゆきて、四五丁ばかり坂路《さかぢ》をのぼる。この坂のたむけより、阿保の七村《ななむら》を見おろす故に、七見《ななみ》たうげといふよし、里人いへり。されどけふは雲霧ふかくて、よくも見わたされず。

かくのみけふも空はれやらねど、雨はふらで、こゝちよし。なみ木の松原など過ぎて、阿保より一里といふに、新田《しんでん》といふ所あり。此の里の末に、かりそめなるいほりのまへなる庭に、池など有りて、糸桜いとおもしろく咲きたる所あり。

糸桜くるしき旅もわすれけり　立よりて見る花の木陰に

大かた此の国は、花もまださかず、たゞこのいとざくら、あるいはひがん桜などやうの、はやきかぎりぞ、所々に見えたる。是《これ》よりなだらかなる松山の道にて、けしきよし。

今日は雨も降らず、なだらかな道が続く。桜もちらほらとみえて旅を楽しみつつ歩をすすめた。阿保越（初瀬街道）道を歩く。

この道は伊勢参宮の街道だった。伊勢参宮の旅は明るく、元気な旅だった。これを「伊勢参宮の陽気づれ」という。宣長の一行は何組かの「陽気づれ」とすれ違ったことだろう。ちょうど、この辺り、「伊勢参宮の陽気づれ」を見ることが、村の行楽だったという話を『名賀郡郷土資料』が採録している。中貞夫が編んだ『名張の歴史』の孫引きだが、これを紹介したい。

「今は昔の語り草にすぎないが、初瀬街道にそう当地方には道者見物という、まことに牧歌的な風物があった。」

「春二月、深山の雪も消えて梅一輪ずつ暖かさのます頃から、早乙女の田植唄がゆるやかに田の面をはう時分まで、街道に人の往来、馬の鈴、息杖の音の絶ゆる間もなかった。これらの旅人は道者と呼びならされていた。」

「これらの道者は一人旅や数人づれというのはごくまれで、たいていは何々講といったような団体を組んでいた。少ないのでも三、四十人多いのになると幾百人という人数であった。・・・夕飯時になるとにぎやかな伊勢音頭が始まった。一人が音頭をとると、大勢が手を打って囃す。三味線や太鼓が鳴りひびく、旅の疲れも何も忘れてしまったかのように、ただ無上に面白く騒いでやがて寝てしまう。寝たかと思うと、もう暗いうちに立って行く。こうして毎日毎日雨の日も風の日も、この街道に道者の絶間はなかった。」

「にぎわし伊勢音頭を先立てて、後から後からと続いて通る、この道者を見ているだけでも、ちっとも退屈を感じないで、一日を送ることができた。じっさい春になれば、〝道者見物〟といって、方々の在からわざわざこの旅人を見にくるものも多かったということである」。

長々の引用だったが、伊勢参宮という「行事」、そして当時の街道のあらましを感じていただきたかった。

宣長一行は、こんな街道を大和に向かって歩いている。

隠の郡、いにしえのなばりの横川

此のわたりより名張《なばり》のこほりなり。いにしへいせの国に、みかどのみゆきせさせ給ひし御供に、つかいまつりける人の北の方の、やまとのみやこにとゞまりて、男君《をとこぎみ》の旅路を、心ぐるしう思ひやりて、なばりの山をけふかこゆらんとよめりしは、【万葉一に「わがせこはいづくゆくらんおきつもの隠の山をけふかこゆらん」】此の山路の事なるべし。

やう／＼空はれて、布引《ぬのびき》の山も、こし方はるかにかへり見らる。

　此ごろの雨にあらひてめづらしく　けふはほしたる布引の山

この山は、ふるさとのかたよりも、明くれ見わたさるゝ山なるを、こゝより見るも、たゞ同じさまにて、誠に布などを引きはへたらんやうしたり。

すこし坂をくだりて、山本なる里をとへば、倉持《くらもち》となんいふなる。こゝよりは、山をはなれて、たひらなる道を、半里ばかり行きて、名張にいたる。

阿保よりは三里とかや。町中《まろなか》に、此のわたりしる藤堂《とうだう》の何がしぬしの家あり。

その門《かど》の前を過て、町屋のはづれに、川のながれあふ所に、板橋を二ッわたせり。なばり川やなせ川とぞいふ。いにしへなばりの横川《よこかわ》といひけんは、これなめりかし。

大化二年（六四六）、畿内の範囲を定める「改新の詔」が出された。「凡そ畿内は、東の名墾《なばり》の横河《よこかわ》より以来《こなた》、南は紀伊の兄山《せのやま》より以来、西は明石の櫛淵《くしふち》より以来、北は近江の狭々波の合坂山《おふさかやま》より以来を畿内国《うちつくに》とす。」

孝徳天皇の時代で、都が難波に移されたばかりの時である。この名墾が、壬申の乱での舞台となる。壬申の乱の始まりを『日本書紀』は次のように記す。

壬申《みずのえさる》の年（六七二年）、大海子皇子は近江朝廷打倒の戦いを始めた。皇子は六月二四日、東国入りを目的として吉野を出立する。深夜に隠郡《なばりのこおり》に至り隠驛家《なばりのうまや》を焼き、「皇子に従い東国入りに参加せよ」と呼びかける。さらに横河にすすみ、吉兆の占いを得て東国に軍をすすめた。

同年七月に戦いは決し、近江朝は瓦解した。皇子は戦後の処理を済ませて、九月に飛鳥古京に還る。行程は九月八日に桑名、九日に鈴鹿、十日に阿閉、十一日に名張に泊まった。

「なばり」の表記に注目したい。東国入りでは「隠」、飛鳥への凱旋では「名張」で、同じ場所だが表記に区別がある。『名張市史だより』（二〇二二年九月）が、これを説明している。「都に凱旋するには、朝に名張川を渡り、都入りするのが吉祥であるため、大海子皇子が壬申の乱後の凱旋時に、畿内に入らずに横河の手前で宿泊したとすると、横河を境に北を『名張』、南を『隠』と使い分けたと考えられます。」とある。宣長は、名張川を渡り畿内に入った。

かたかの春の雨

ゆき〳〵て山川あり、かたへの山にも川にも、なべていとめづらかなるいはほどもおほかり。名張より又しも雨ふり出て。此のわたりを物する程は、ことに雨衣《あまぎぬ》もとほるばかり、いみしくふる。かたかといふ所にて。

きのふ今日ふりみふらずみ雲はるゝ　ことはかたかの春の雨かな

すこし行きて、山のそはより、川なかまでつらなりいでたる岩が根の、いと〳〵大きなるうへを、つたひゆく所、右の方《かた》なる山より、足もとに瀧おちなどして、えもいはずおもしろきけしきなり。又いと高く見あぐる、岩ぎしのひたひに、物よりはなれて、道のうへゝ一丈ばかりさし出たる岩あり。そのしたゆく程は、頭《かしら》のうえにもおちかゝりぬべくて、いと〳〵あやふし。すこし行き過ぎて、つらつらかへりみれば、いとあやしき見物《みもの》になん有りける。獅子舞岩《ししまいいは》とぞ、此のわたりの人は言ける。げに獅子といふ物の、かしらさし出《いだ》せらんさまに、いとよう覺えたり。

さていさゝか山をのぼりて、くだらんとする所に、石の地蔵あり、伊賀と大和のさかひなり。なばりより、一里半ばかりぞあらん。そのさきに、三本松といふ宿までは二里也とぞ。

宣長が歩いた当時の道は、宇陀川の右岸を西進して丈六寺を経由する道だった。丈六寺を経てから、宇陀川北岸に渡り、三本松に向かった。

「山にも川にも、なべていとめづらかなる磐どもおほかり」と、岩相の不思議さを紹介している。安部田の義民碑あたりの川岸で、この景観を今も見ることが出来る。岸辺にそそり立つ岩は柱状節理で室生火山群の地域ではどこでも見られる風景である。自然に割れ落ちたか、或いは人為的に掻きとったか、そんな岸壁がしばらく続いている。一方、宇陀川の河原は岩を張りつめたような岩相が広がり、この岩の間を細々と水が流れている、これも異様な風景である。兵頭瀬《ひょどせ》と呼ばれたと聞く。

これらの岩石は二千万年も前に生成された。地震で崩れたり、浸食を受けたりしながら今の景観につながっている。こうした大地の変動をも生き抜いてきたオオサンショウウオを保護、研究する施設が安部田の名張郷土資料館である。旧錦生小学校を利用して開設された資料館には、郷土資料と併せて百八十匹ものオオサンショウウオが飼育されている。特別天然記念物をなぜ飼育できるかとも思うが、ここにいるサンショウウオは、すべてが外来種との交雑種とのことである。

「交雑種の生命力は強い。純粋種はエサ取りで負けてしまい衰弱してしまう。堰の下などで、流下、移動してきたサンショウウオを捕獲し、一匹ずつＤＮＡ鑑定で由来を確かめている。純粋種はもとの川に戻し、交雑種は隔離して飼育している」と、資料館の研究者は解説する。

三本松、室生大野

大野寺といふてらのほとりに、又あやしき岩あり。道より二三町左に見えたり。こは名高くて、旅ゆく人もおほく立よる所也といへば、ゆきて見るに、げにことさらに作りて、たてたらんやうなるいはほのおもてに、弥勒《みろく》ぼさつの御《み》かたとて、ゑりつけたる、ほのかに見ゆ。其佛の長《たけ》、五丈あまり有りといふを、岩の上つ方は、猶あまりて高くたてる。うしろは山にて、谷川のきしなるを、こなたよりぞ見る。そも〳〵こゝは、むかしおりゐのみかどの御ゆきも有りし事、物にしるしたるを見しこと、ほのぼの覺ゆるを、いづれの帝《みかど》にかおはしましけむ、今ふとえおもひ出ず。

さて其の川にそひて、すこしのぼりて、山あひの細き道を、たどり行きてなん、本《もと》の大道には出ける。其の間《あいだ》に、室生《むろふ》に詣《まうず》る道なども有りて、いしぶみのしるべくなくは、必ずまよひぬべき所なる。

国境（県境）を越えると三本松の宿場である。過ぎ越した行程、これからのゆく道の紹介となるので、三渡りの六軒茶屋からの当時の宿場を紹介しておこう。それは八太、田尻、大村、垣内、伊勢地、阿保、名張、三本松。そして行く道は榛原、初瀬に宿場が置かれていた。

国境からは長瀬、中村、琴引、元三と集落がつながり、これをまとめて三本松という。本陣は中村、旅籠や茶屋が集中したのは元三である。元三からエビ坂を下りきると室生大野の海《かい》神社の鳥居が左手に見えてくる。鳥居の柱亀腹や灯篭に刻まれる年号、古式の社殿からみて、明和の時代以前から存立している。

この神社と大野の村の「いさめ踊り」を紹介したい。いさめ踊りは十月の第三日曜日、秋祭に踊られる。もともとは雨乞いの行事だったが、今では秋祭りの宵宮に、いさめ踊り保存会と多くの小学生によって演舞される。この踊りは、村に伝わるいくつかの音頭に合わせて太鼓を打つ踊りである。「庭入り」、「いさめ踊り」、「お寺踊り」などの十曲以上の唄が継承されている。歌詞には高野山や越後、信濃などの遠方の国の名も取り込まれており、人の往来で賑わった街道沿いの村の祭り歌である。

いさめ踊りの語源は、いさみ＝勇むことから「いさめ」に転訛したという。隣接の名張地方でも同じような行事を「いさめ踊」と云うが、こちらは雨を誘う願望をあらわす「いざなわめ」から転訛したとの論をとる。「勇む」も「いざなわめ」もそれぞれに頷けるものがあるが、大和、伊勢の国境を挟んで同じような行事が続けられてきたことに、驚きがあり、喜びがある。

ちなみに、奈良県下では、吐山（奈良市）など近在の村にも太鼓踊の行事が残されている。

さて、宣長一行は三本松を経て、大野の摩崖仏を見学してから萩原（榛原）に歩をすすめる。今日の宿は初瀬と決めている、吉野の桜を気にしての急ぐ旅だった。

萩原の里。あひともなう人は

けふはかならず長谷迄物すべかりけるを、雨ふり道あしくなどして、足もいたくつかれにたれば、さもえゆかで、はいばらといふ所にとまりぬ。此の里の名、萩原と書《かく》るを見れば、何とかやなつかしくて、秋ならましかば、かりねのたもとにも。

うつしてもゆかまし物を咲花の　をりたがへたる萩はらの里

とぞ思ひつゞけられける。

こよひ雨いたくふり、風はげしきに、故郷のそらはさしおかれて、まづ花の梢やいかになるらんと、吉野の山のみ、夜一夜《よひとよ》やすからず思ひやられて。いとゞめもあはぬに、此のやどのあるじにやあらん、よなかにおき出て、さもいみしき雨風かな、かくて明日はかならずはれなんとぞいふなる。きゝふせりて、いかでさもあらなんとねんじをり。

七日。あけがたより雨やみて、おき出て見れば、雲もやう〳〵うすらぎつゝ、はれぬべき空のけしきなるに、家あるじの心のうらは、まさしかりけりと、いとうれし。

日頃の雨に、ゆくさき道いとあしく、山路にはたあなりときけば、今朝《けさ》はたれも〳〵みな、かごといふ物にのりてなん出たつ。さるはいと賤《あや》しげに、むつかしき物の、程さへ、せばくて、うろみじろくべくもあらず。尻《しり》いたきに、朝寒《あささむ》き谷風さへ、はしたなう吹入《ふきい》りて、いとわびしけれど、ゆき困《こう》じたる旅ごゝろには、いとようしのばれて、歩《かろ》ゆくよりは、こよなくまさりて覺ゆるも、あやしくなん。

もとよりあひともなふ人は、覚さうゐんの戒言ほうし、小泉の何がし、いながけの棟隆、その子の茂穂、中里の常雄と、あはせて六人、同じ物にのりつれたる、前後《まへしりへ》よびかはしては、物語などもし、やゝ遅《おく》れ、先《さい》だちなどもしつゝゆく。

大野から緑川半焼へ。火あぶりで処刑されるという娘の身代わりとなり、半焼けとなった地蔵を祀った処とされる。その半焼けとなった地蔵が、大野寺の身代《みがわり》焼地蔵尊という伝承である。

さらに西にすすむと室生ダム湖畔の濡れ地蔵の前を過ぎる。岩に刻まれた、鎌倉時代の中期の地蔵である。崖上から水が流されており、いつでも濡れていたから濡れ地蔵だったが、室生ダムが作られてからはダムの水位により湖上に出たり、沈んだりする濡れ地蔵になっている。洪水期（貯水量を減らしておく）の五月末に水上に姿を現し、非洪水期（貯水量を増やす）の十月末には水没する。ダムができる昭和四十九年（一九七四）までは、此の付近も集落があり、かつては「まつや」「かじや」などの宿屋もあって賑わったところという。

日も暮れはてて萩原《はいばら》（宇陀市榛原）に到着した。初瀬までの予定だったが、雨が降り足元も悪いので予定を変えて萩原に宿をとるという。宿を予約していた形跡はない。この旅では、事前予約がされていた様子が読みとれない。いずれも、歩き疲れて、日が暮れる頃に到達したところで宿を取っている。江戸時代の街道は、想像以上に柔軟で効率的に運営されていた。

松坂から萩原まで、伊勢地での一泊で歩きぬいた。直線となった現在の道路でも七五キロメートルほどの道である。しかも阿保ごえなどいくつもの山坂を越えての道で、その健脚ぶりには舌をまく。

同行者を紹介する。ここで相伴う人の年齢もみてみたい。

宣長の誕生日は、享保一五年（一七三〇）五月七日である。この旅のとき、満年齢でいえば四一歳だった。

同じように、満年齢でみてみたい。小泉見菴は三十五歳。稲掛棟隆は四十二歳でその子の茂穂（のち、本居太平）は一五歳。中里（長谷川）常雄は一四歳である。戒言法師は生年が不詳だが、道中の役割、物言いなどを考えると三五歳を下回らないだろう。

青年の集団というわけでもない。

他の同行者も考えてみた。

まずは「とものおのこ」が同行している。年齢はわからないが、若い男ではない……と感ずる。「供のをのこ」は全行程に同行した。宿をさがす時に活躍したり、帰路の萩原の宿では、本街道を選択することに難色を示したりもする。大きな荷物を背負って峠を越えたり、帰着時は先ぶれとして、家族への連絡のため先行する役割も果たす。

また、「しるべする男」というガイドも雇っている。限定的な時間の「しるべ」もあれば、吉野山では二日間の通しの「道しるべ」を雇っている。

『菅笠日記』には、同行者の動向や言葉もそれとなく触れられている。それらも注意して読めば、当時の世情がより深く理解できて、読みすすめるための助けとなる。

室生ダム湖畔の濡れ地蔵

第二章　初瀬から多武峰へ

う
え
大神神社
三輪駅
黒崎
A
至長谷寺駅▶
慈恩寺追分
近鉄大阪線
大和朝倉駅
桜井駅
忍阪
安部文殊院
艸墓古墳
B
聖林寺
倉梯
下居
C
多武峰
う
え

初瀬～多武峰

あ
い
A
B
C
近鉄橿原線
新ノ口駅
真菅駅
大和八木駅
耳成駅
JR万葉まほろば線
八木
畝傍駅
香久山駅
藤原宮跡
169
スイセン塚古墳
神武天皇陵
天香具山
畝傍御陵前駅
御陰井
池田神社
近鉄南大阪線
橿原神宮前駅
豊浦
飛鳥寺
大原
丸山古墳
川原寺跡
岡寺
飛鳥駅

歌にもよみなれた吉隠から初瀬へ

西峠、角柄《つのがら》などいふ山里どもを過ぎて、吉隠《よなばり》にいたる。こゝはふるき書《ふみ》どもにも見えたる所にしあれば、心とゞめて見つゝゆく。猪養《井かひ》の岡、又御陵《みささき》などの事。【万葉哥に吉隠のゐかひの岡、式に吉隠陵。光仁天皇の御母也】かごかける男《をのこ》に問《と》へど、しらず。里人にたづぬるにも、すべてしらぬこそ、くちをしけれ。又この吉隠を、万葉集に、ふなばりといふ訓《よみ》をしもつけたるこそ、いとこゝろえね。文字《もじ》もさはよみがたく、又今の里人も、たゞよなばりといふなる物をや。そも旅路の日記《にき》に、かゝるさかしらは、うるさきやうなれど、筆のついでに、いさゝかかきつけつる也。

なほ山のそばぢをゆき〳〵て、初瀬《はつせ》ぢかくなりぬれば、むかひの山あひより、かづらき山、うねび山などはるかに見えそめたり。よその国ながら、かゝる名どころは、明くれ書《ふみ》にも見なれ、歌にもよみなれてしあれば、ふる里びとなどにあへらんこゝちして、うちつけにむつましく覚ゆ。

「降る雪はあはにな降りそ吉隠の猪養の岡の寒からまくに」

穂積皇子の歌碑は吉隠公民館に立つ。宣長は「猪養の岡、また陵はいずれか」と尋ねるが、里人からは「知らず」の返事だった。

まずはここは、『延喜式』である。『延喜式』二十一巻の諸陵寮、袋とじの三十七ページに「吉隠陵　皇太后紀氏　在大和国城上郡　兆域東西四町　南北四町　守戸五烟」と記されている。ちなみに『延喜式』とは、平安時代に定められた国の運営に関わる細則で、当時の国の姿を知る上での貴重な資料となる。

紀諸人の娘、紀橡姫《きのとちひめ》は、志貴皇子（施基親王）との間に白壁王をもうけた。その白壁王が光仁天皇として皇位につき、姫は亡くなってから宝亀二年（七七一）に皇太后の尊号が贈られる。この姫の墓、皇太后の陵が吉隠に所在すると『式』は云うのである。さらに、「その墓を山陵と言え、規則通りに斎（食事）も供せよ」との勅も出されたと『続日本紀』は記す。

宣長はこの陵をたづねる。しかし里人は知らないと言う。奈良奉行所の元禄十年（一六九七）の山稜の調査でも、この陵は調査の対象にもならなかった。

失われたのである。

国道一六五号から、鳥見山の中腹に向け八百《メートル》ほど登ると円墳がある。ここを明治二十七年（一八九四）、宮内省令でもって「光仁天皇御母皇太后紀橡姫吉隠陵」と治定する。

陵へは、二五〇段ほどの石の階段を登らねばならない。

けはひ坂からよきの天神へ

化粧坂《けはひ》とて、さがしき坂をすこしくだる。此の坂路《さかぢ》より、はつせの寺も里も、目のまへにちかく、あざ〱と見わたされたるけしき、えもいはず。大かたこゝ迄の道は、山ぶところにて、ことなる見るめもなかりしに、さしもいかめしき僧坊御堂《そうぼうみどう》のたちつらなりたるを、にはかに見つけたるは、あらぬ世界に来たらんこゝろす。

よきの天神と申す御社《みやしろ》のまへにくだりつきて、そこに板ばしわたせる流れぞ、はつせ川なりける。むかひはすなはち初瀬《はつせ》の里なれば、人やどす家に立ち入りて、物くひなどしてやすむ。うしろは川ぎしにかたかけたる屋《や》なれば、波の音たゞ床《ゆか》のもとにとゞろきたり。

はつせ川はやくの世よりながれきて　名にたちわたる瀬々のいはなみ

一行は化粧坂《けはひ》を越えた。坂は上化粧坂と下化粧坂があった。二つの坂は、今も歩いて通ることができる。

萩原から下っていく。与喜浦の集落を過ぎて右に折れると上化粧坂、直進すると下化粧坂である。一行は上化粧坂を下り、與喜《よき》天満神社の参道に出て初瀬の町に入った。

下化粧坂も見ておこう。少し先走りだが、帰路は下化粧坂を越えている。初瀬の町の半ばから右に折れると下化粧坂。折れるところは初瀬伊勢辻で、今も二メートルの道標が立ち、「右いせみち」と彫り込まれている。初瀬川を渡り、坂を上っていくと下化粧坂を越えて萩原への道となる。下化粧坂は長谷寺を経ないで折れる道、上化粧道は長谷寺の門前を経ての道と言えよう。

「よきの天神と申す御社のまへにくだりつきて」、宣長は初瀬の里に入った。「はつせの寺も里も、目の前に近く、あざあざと見わたされる景色、えもいはず」と宣長は誉めたたえた。それは桜の長谷寺だった。そして、その季節となれば桜に包まれた長谷寺を化粧坂から今も眺望することができる。

与喜浦
右に上がれば上化粧坂、直進すると下化粧坂

長谷寺の登廊、観音堂への道

さて御堂にまゐらんとていでたつ。まづ門を入りて、くれはしをのぼらんとする所に、たが事かはしらねど、道明《だうみやう》の塔《たう》とて、右の方にあり。やゝのぼりて、ひぢをるゝ所に、貫之の軒端の梅といふもあり。又蔵王《ざわ》堂《どう》産霊《むすぶ》の神のほこらなど、ならびたてり。こゝより上を、雲ゐ坂といふとかや。

かくて御堂にまゐりつきたるに、をりしも御帳かゝげたるほどにて、いと大きなる本尊の、きら〳〵しうて見え給へる。人もをがめば、我もふしをがむ。さてこゝかしこ見めぐるに、此の山の花、大かたのさかりはやゝ過ぎにたれど、なほさかりなるも、ところ〴〵に多《おほ》かりけり。

初瀬の町の突き当り、そこが大和国長谷寺の門前である。見上げれば、山の中腹に十一面観世音菩薩を祀る巨大な本堂をみることができる。

門前から観音堂へ向かう階段が、世に名高き長谷の登廊《のぼりろう》である。

「平安時代の長暦三年（一〇三九）に、春日大社の社司中臣信清が子の病気平癒の御礼に造ったもので、百八間、三九九段、上中下の三廊に分かれている」と、寺の由緒が語る。

何度も火災で焼け落ちたが、そのつど衆生の富と心を集めて再建してきている。現在の下・中廊も明治十五年に焼失したが、明治二十二年(一八八九)には早くも再建されている。

仁王門をくぐり、登廊にさしかかる。下廊はなだらか、中廊はちょっと勾配がきつく、ひじ折る蔵王堂からは急坂の上廊である。石段の一段、一段が世俗から観世音菩薩につながる信仰の道である。ここは、ゆっくりと登りたい。

登廊は花の道としても広く知られる。初夏、咲き乱れる豪華な牡丹は参詣者の心を弾ませる。春の桜、秋の紅葉など四季折々の花木の美しさに訪れる人々の心は華やぐ。

「いくたびもまいる心ははつせでら　山も誓いもふかき谷川」

西国三十三所観音霊場の第八番札所、長谷寺の御詠歌《ごえいか》である。山も谷川も詠みこんだ御詠歌は長谷寺の信仰と寺の立地を端的に示している。

宣長は「をりしも御帳かゝげたるほどにて、いと大きなる本尊の、きらきらしうて見え給へる」と記した。現在は、長谷寺のご本尊、十一面観世音菩薩はいつでも拝観することができるが、当時は常の在り方として、御帳は閉じられていた。特別の願いを持ち、金員を添えて申し出を行い、ご開帳となる。宣長一行は開帳された時間にちょうど居合わせて拝観がかなったのだろうか。

「時の貝」。巳の時とて貝ふき鐘つくなり

巳《み》の時とて、貝《かひ》ふき鐘《かね》つくなり。むかし清少納言がまうでし時も、俄《にわか》にこの貝《かひ》を吹《ふき》いでつるに、おどろきたるよし、かきおきける、思ひ出られて、そのかみの面影も見るやう也。鐘はやがてみだうのかたはら、今のぼりこし、くれはしの上なる楼《ろう》になんかゝれりける。

名も高くはつせの寺のかねてより　きゝこしおとを今ぞ聞ける

ふるき歌共にも、あまたよみける、いにしへの同じ鐘にやといとなつかし。かゝる所からは、こと なる事なき物にも、見きくにつけて。心のとまるは、すべて古《いにしえ》をしたふ心のくせ也かし。

猫そのわたりたゝずみありく程に、御堂のかたに、今やうならぬ、みやびたる物の音《ね》の聞こゆる。かれはなにそのわざするにかと、しるべする男《をのこ》に問へば、此の寺はじめ給ひし上人の御忌月《おんきぐわち》にて、このごろ千部の読経《どきやう》の侍る。日ごとのおこなひのはじめに侍る、楽《がく》の聲也といふに、いとききかまほしくていそぎまゐるを、まだいきつかぬ程に、はやく声やみぬるこそ、あかずくちをしけれ。

「巳の時とて、貝ふき鐘つくなり。むかし清少納言がまうでし時も、俄にこの貝を吹いでつるに、おどろきたるよしかきおきける」。宣長も驚いて、感動もするのである。

『枕草子』一二六段に「正月に寺に籠りたるは」で、「師の坊に、をのこども、女、童などみな行きて、つれづれなるも、かたはらに、貝を、にはかに吹き出でたるこそいみじうおどろかるれ」とある。供の者たちがみな導師の宿坊に行き、一人で退屈していたところで突然の法螺貝に驚かされた、そんな情景である。

法螺貝は、清少納言が驚き、宣長も感動する。この法螺貝が、今も長谷寺で吹かれている、それも驚きだろう。法螺貝と鐘で時を知らせている。「時の鐘」とは聞くが、長谷寺は「時の貝」と名付ける。午前六時に鐘、正午に貝と鐘で、寺内と門前の町に時を告げている。登廊を登りつめた鐘楼《しょうろう》で吹かれる正午のほら貝は、居合わせた参詣者は音で聞き、そのしぐさを拝見できる。

長谷寺の「時の貝」は見応えがある。さらに「夜八時の咆哮」というのもある。夜のお勤めを終えた後に修行僧、学生がほら貝の音に合わせて舞台で咆哮を行う。風向き次第では、遠く離れた近鉄の長谷寺駅でも聞こえることがあるという。

それを聞きに、長谷寺の門前に立った。確かな絶叫である。舞台で順に修行僧が咆哮している。しかし叫びの言葉は聞き取れない。どういうことか、長谷寺にお聞きした。「修業の一環です。ほら貝は初心者が練習で吹きます」。「叫び声は」の問いには、「ひのよ～うじん」とのことだった。こうした修行も経て、長谷寺の乱声《らんじょう》乱打の伝統は引き継がれていく。

二本の杉。牛頭天王の社、素戔嗚神社

又みだうのうちをとほりて、かのつらゆきの梅のまへより、片側《かたつかた》へすこしくだりて、がくもんする大《たい》とこたちのいほりのほとりに、二本《ふたもと》の杉の跡とて、ちひさき杉あり。

又すこしくだりて、定家《さだいえ》の中納言の塔《たう》なりといふ、五輪《ごりん》なる石たてり。此のごろやうの物にて、いとしもうけられず。八塩の岡といふ所もあり、なほくだりて、川辺にいで、橋をわたりて、あなたのきしに、玉葛《たまかずら》の君の跡とて、庵あり、墓もありといへど、けふはあるじの尼《あま》、物へまかりて、なきほどなれば、門《かど》さしたり。

すべて此のはつせに、そのあとかの跡とてあまたある、みなまことしからぬ中にも、この玉かづらこそ、いとも〳〵をかしけれ。かの源氏物語は、なべてそらごとぞともわきまへで、まことに有りけん人と思ひて、かゝる所をもかまへ出たるにや。

このやゝおくまりたるところに、家隆《いえたか》の二位の塔《たふ》とて、石の十三重なるあり。こはやゝふるく見ゆ。そこに大きなる杉の、二またなるもたてり。又牛頭天王の社《やしろ》、そのかたはらに、苔《こけ》の下水といふもあり。こゝまではみな、山のかたそはにて、川にちかき所也。

本堂の拝観のあと、宣長は貫之の梅の木の下から東へ下った。現在の参詣者は使用しない道であるが、よきの天神（與喜天満神社）の方向への道であり、神仏混淆の時代には使用されていた道かと思える。

二本《ふたもと》の杉とされる「小さき杉」があり、定家の塔があると書いている。現在は二本の杉は樹勢旺盛な大樹である。長谷寺は「二本の杉と定家の塔」をしっかりと守ってきている、その思いと努力が貴重である。

さらに下って初瀬川の川辺に至る。

ここが歌枕、古河野辺《ふるかわのべ》である。

『蜻蛉日記』では、「いとあはれに水の声す。例の杉も空さして立ちわたり、木の葉はいろいろに見えたり」とあり、川の水音が趣《おもむき》深く、有名な二本の杉も天をさして、昔と変わらぬさまと記している。「古《いにしへ》もかく聞きつつか偲《しの》ひけむ　この古川《ふるかは》の清き瀬の音《おと》を」（萬葉集巻七　一一一一）を、念頭においている。

宣長は古河野辺を、ここでは語らず先に足をすすめた。

「玉鬘の君の跡」も宣長はそっけない。「源氏物語はなべてそらごと」と切り捨てたが、ここは守る人もいて、伝承もされてきたわけで、名所、古跡としてのそれなりの意味はあるだろうと考えたい。

「牛頭天王の社」は訪れている。いまの素戔嗚神社のことである。

長谷寺を出て連歌橋で初瀬川を渡る。「藤原定家一門が長谷寺から興喜天満神社へ歌を作りに行く時、渡った橋。もとは太鼓橋」と『泊瀬まちづくりマップ』が解説する。

興喜天満宮へ登りかけると、左側に素戔嗚神社の鳥居が目に入る。境内には石造りの十三重塔がおかれる。「やや古く見ゆ」と宣長が記した石の塔である。「伝えによれば、藤原家隆卿の供養塔と称する。花崗岩造。金剛界四仏梵字はやや弱く、鎌倉末期の造」が、『桜井市史』の見立てである。二またの杉は見当たらないが、今ではこちらは銀杏の巨木が目を引く。樹高四〇メートル、枝張り南北は二三メートル、東西約二二メートル。目通りで七・二五メートルもあり、銀杏の巨樹としては、奈良県では最大である。

『延喜式』の神名帳には、城上郡三十三社の中に鍋倉社の名が記されている。ここに記される神社を「式内社」というが、初瀬では鍋倉神社だけが載せられた。この神社が素戔嗚神社に合祀されている。江戸時代の後期に描かれた『西国三十三所名所図会』では、「鍋倉神社　今は牛頭天皇という。家隆卿之塔　鍋倉社のまえにあり、十三重塔の石塔也」として、素戔嗚神社と鍋倉社を同一に扱っている。

いつ行っても荘厳な素戔嗚神社の境内ではあるが、銀杏が色づく十一月は特別な景観となる。

よきの天神。初瀬の町

それよりかのよきの天神にまうづ。社は山のはらに、やゝたひらなる所にたゝせ給へり。長谷山口（神名式）坐神社と申せるはこれなどにもやおはすらん。されど今は、なべてさる事しれる人しなければ、わづらはしさに、たづねもとはず。大かたいにしへ名ありける御社《みやしろ》ども、いづくのも、今の世には、すべて八幡《はちまん》天神、さては牛頭天王などにのみ成り給へるぞかし。

此のわたりすべてこぶかきしげ山にて、杉などは多かれど、名にたてる檜原《ひばら》は見えず。此の川かみには、檜《ひ》の木もおほしと、しるべのをのこはいへりき。

かくて此の山のうちめぐりはてゝ、里におりける程、又雨ふり出ぬ。けふは朝より空はれそめて、やう〳〵青雲《あおぐも》も見ゆるばかりに成りしかば、今はふようなめりとて、とくとりをさめつる雨衣《あまぎぬ》、又しもにはかにとりいでゝ、うちきるもいとわびし。

ぬぎつれど又もふりきて雨ごろも　かへす〴〵も袖ぬらすかな

されどしばしにて、里はなるゝ程は、きよく止《や》みぬ。あなたよりいる口に、いと大きなる朱《あけ》の鳥居たてり。

與喜天満神社ご神像、天神坐像は重要文化財の指定を受けている。像高は九五センチメートル《センチメートル》、等身大の坐像である。衣冠束帯姿で、眉を寄せてにらみつけ、口を「へ」に結ぶ。あらゆる不条理を許さないという憤怒の相である。像内に「与喜大明神」「御正体」、「正元元年」（一二五九）の墨書があり、国内最古の天神像とされる。鎌倉時代を代表する御神像である。

與喜天満神社（よきの天神）の初瀬における役割を考えてみた。

天慶九年（九四九）に菅原道真（天満天神）が長谷に現れたとの縁起があり、よきの天神が創建された。天神坐像の造像時期からみても、その時期におよそ間違いない。その頃に長谷寺は東大寺末から興福寺末に代わっている。長谷の地主神は菅原神に代わった。天神の本地は観音であるとの本地垂迹説によっても、菅原神の選択は妥当である。かくして、與喜天満神社（よきの天神）は長谷寺と一体となり、初瀬の町にて隆盛を極める。

この與喜天満神社のご例祭は、十月の第三日曜日に行われる。『長谷寺験記』（鎌倉時代）に、天神が長谷に現れた様子が描かれているが、それを再現する儀式として祭は始まった。江戸時代の『与喜祭礼図』では、神輿《みこし》が長谷寺の仁王門前に据えられ、その前で演能が行われている。

俗に初瀬八ケ郷と称する新町・下之森・上之森・柳原・寺垣外・馳向・与喜浦・川上の各大字（町・

村）は、順番で当番区となり祭典と神輿渡御を担当する。祭りの当日は神社にて祭典、神輿への御魂遷しを行い、神輿は当番区の力で初瀬の町をお渡りする。菅天神が休まれたという下之森区の切石、菅天神が影向された与喜浦の御旅所、菅天神が禊をされたという上之森区の御旅所を巡回する。これで初瀬の町を一巡することになる。さらに各大字の太鼓台が神輿の渡御と合わせて各町を練り歩き、初瀬の町は沸き立つ。

いましばらく、初瀬の町にこだわりたい。

初瀬の町を貫く街道は国中《くんなか》から長谷寺の門前の道だが、伊勢参宮の道でもあった。この町を出ぬける処に「長谷山口神社遥拝所」がおかれている。神々しい雰囲気を漂わせる場所で、初瀬川を挟んで山口神社を遥拝する所である。別名、「伏《ふ》し拝《おが》み」ともいわれる。

初瀬柳原区は毎夕、ここで献灯をおこなっている。当番は、日没頃にろうそくに燈を灯し、静かにお祈りをされる。町民は「掟書木札」という木札が回ってくると、その日が当番となる。役目を終えると木札を隣家に送る。一面に「長谷山口座神社」、他の一面に「為町内安全毎夜順番で遥拝所江献灯するもの也」と墨書され、柄が付けられている。「明治十年四月十一日柳原町」とも書かれるが、それ以前から献灯はおこなわれてきたとの事である。

献灯行事は、上之森区でも行われる。氏神である白髪神社の献灯である。木製の行燈が隣家から届けられる。それが献灯の当番の印である。当番は夕刻、白髪神社で献灯を済ませると、行燈を次の家に届ける。これが、営々と続く初瀬上之森区の伝統である。

さらに、下之森にも「廻り灯篭」という習わしがある。下之森区は、街道筋の各戸が順々に灯籠を廻して献灯する。吊り灯籠が回ってくる。かつては木製の灯篭だったが、いまでは金属製、電気点灯の灯篭に変わり、点灯した灯篭は玄関前に置かれる。「愛宕神社　町内安全　下ノ森区」と刻まれており、長谷寺に対面する山に鎮座する愛宕神社への献灯の灯篭である。

これらの町が初瀬の宿場町の中心だった。献燈の習わしは、もともと町の守り神を敬う行事だが、黄昏時に到着する旅人や参詣者をもてなす灯りの意味合いもあったかと思える。

かくして、宣長一行は長谷の町を出て、出雲、黒崎、慈恩寺に向かった。旅はいよいよ大和の国中《くんなか》である。

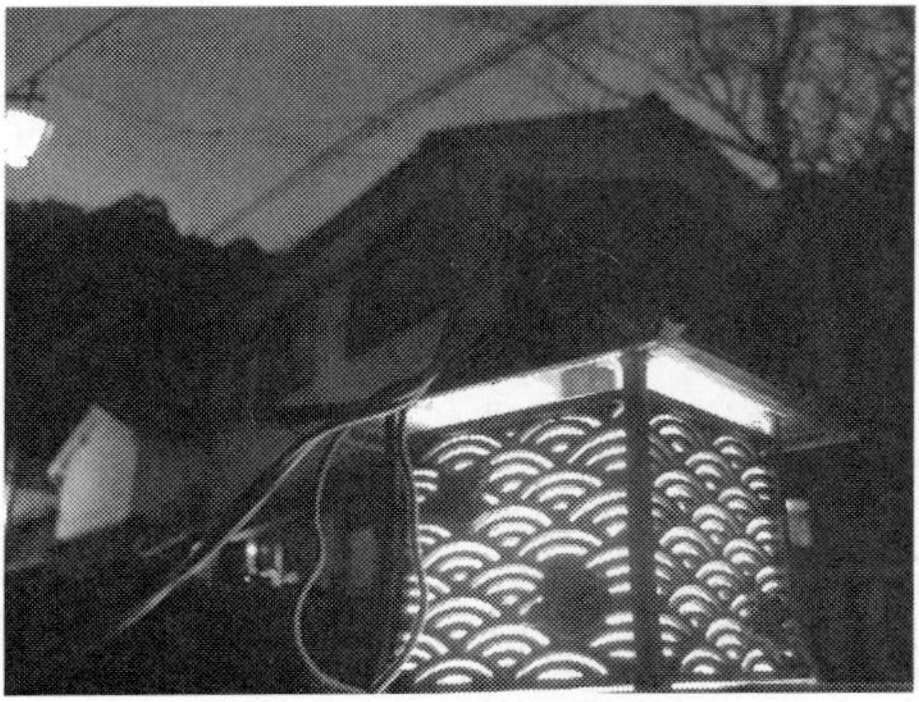

下之森の廻り灯籠

くろざきの女夫饅頭

さて出はなれて、出雲村黒崎村などいふ所をすぐ。此のあたりは朝倉宮《あさくらのみや》列木宮《なみきのみや》【長谷朝倉宮は雄略天皇の都　長谷列木宮は武烈天皇の都】などの跡と聞《き》きこしかば、いとゆかし。

此のくろざきに家ごとにまんぢうといふ物をつくりてうるなれば、かのふりにし宮どもの事、たづねがてら、あるじの年おいたるがみゆる家見つけて、食《く》ひに立ちよる。

さてくひつゝ問《と》ふに、ふるき都のあとゝばかりは承《うけたま》はれど、これなんそれとたしかに伝《つた》へたるしるしの所も侍らずとぞいふ。高圓山《たかまどやま》はいづこぞと問《と》ふに、そはこのうしろになん侍るとて、をしふるを見れば、此の里よりは南にあたりて、よろしき程なる山の、いたゞきばかりすこし見えたる。今はとかま山となんいふとぞ。まことの高圓山は、春日《かすが》にこそあなるを、こゝにしも其の名をおふせつるは、もとよりとかまといふが、似たるによりてか、又は高圓山とつけたるを、里人のもてひがめて、かくはいふか、いづれならん。


黒崎のまんじゅうは、初瀬街道の名物だった。嘉永六年（一八五三）の『西国三十三所名所図会』も、このまんぢう屋の店頭を大きな画で紹介している。「長谷寺より半里ばかりの此方《このかた》に黒崎村といへるありて、此里の名物とて饅頭を二ツあはし　これを女夫《めをと》まんぢうとて商ふ家多《いえを、》し。黒崎といへども白きはだとはだ、合わせて味ひ《うま》　女夫饅頭《めをとまんじゅう》」と解説している。まんじゅうを蒸し上げる大きな炎、蒸籠から湯気が立つところも描き込まれ、活気ある店の情景が描かれる。「本家　黒崎　名物　女夫　饅頭」の暖簾を掲げ、「黒崎村　まんぢう　常安屋」の屋号も読み取れる。

　宣長も食した、この黒崎の女夫饅頭の現代の姿を紹介したい。

　女夫饅頭は先の戦争の前まで黒崎で製造されていた。しかし、街道のありようの変化や、戦争に至る食材の統制などにより廃業止むなきに至った。

　このように、いったんは失われた女夫饅頭だが、この味が十年ほど前に復活している。大和の伝統の食へのこだわりを持つ岡本彰夫春日大社権宮司（当時の肩書）がプロデュースして、桜井市の共栄印刷（現やまとびと株式会社）が、その復活に成功した。この饅頭は長谷寺参道の「やまとびとのこころ店」で、販売をされている。予約をすれば、お店で食べることもできる。

　紅と白の饅頭にアンが入る。この紅白の饅頭を重ねる時に、さらにアンを挟む。紅白の饅頭は腹合わせで一つとなり、アンは三段となって繊細な味がうまれる。これがおいしい。

「黒崎といへども白きはだとはだ、合わせて味ひ　女夫饅頭」

西国三十三所名所図会　宣長も食べた黒崎のまんじゅう

慈恩寺追分の辻

脇本《わきもと》慈恩寺《じおんじ》などいふ里をゆく。こゝよりはかのとかま山、ちかくてよく見ゆ。此の里の末を、追分《おひわけ》とかいひて、三輪の方へも、桜井のかたへもゆく道のちまた也。今はそのすこしこなたより、左へわかれ、橋をわたりて、多武《たむ》の峯へゆく細道にかゝる。此の橋は、はつせ川のながれにわたせるはし也けり。そも〳〵たむの峯へは、櫻井よりゆくぞ、正《ただ》しき道には有りける、外山《とび》村などいふも、その道なりといふなれば、それも名ある所にて、たづね見まほしき事共はあれど、みな人ほどの遠きをものうがりて、今の道には物する也けり。

東の方にいと高き山をとへば、音羽山《おとばやま》とぞいふ。音羽の里といふも、その麓《ふもと》にありとぞ。忍坂《をさか》村は、道の左の山あひにて、やがて此のむらのかたはらをとほりゆく。こゝもふるき歌に見え、神の御社などおはすなれど、ゆくさきいそがれて、さまではえたづねず。

「脇本、慈恩寺などいふ里をゆく……此里の末を、追分とかいひて、三輪の方へも、桜井のかたへもゆく道のちまた也」という。ここが、奈良盆地の入り口であり、大和からの東国への出口だった。ここで、人も水も奈良盆地に流れ込んだ。

大坂・堺方面への横大路、奈良に向かう上街道、宣長が歩んできた初瀬街道、宇陀に抜ける道のちまたで、いせ参り、長谷詣の人と物が流れ賑わう地であった。天保一四年（一八四三）には旅籠が六軒もあり茶屋、木綿商、荒物、果物、酒屋、たばこ、大工、炭、しょうゆなどの店が商いを行っていた。

慈恩寺の追分には道標が残る。道標は折れている。しばらく前まではバラバラに、軒先に散らばっていたが、いまは針金で補修され立てられている。

「みぎハ　ならミち」　「ひだ里　よしの　かうや道」

この地からは、奈良盆地が大きく見渡せた。雄略天皇の古代の宮はここに開かれていた。「大長谷《おおはつせ》若建《わかたけの》命、長谷の朝倉宮に坐しまして、天の下治らしめしき」と古事記は記し、日本書紀は「壇《たかみくら》を泊瀬《はつせ》の朝倉に設け、即天皇位《あまつひつぎしろしめ》す」と述べている。

この朝倉の宮はどこか、初瀬谷のいずれにと、多くの研究者が探し求めてきた。朝倉小学校の改築時の調査で決定的な証拠が発掘された。六世紀前半の石組みや溝が発見され、その後も柱穴掘方などが学校の敷地の内外で続々と発見され、脇本遺跡と名付けられた。

脇本遺跡は五世紀の雄略天皇（四五〇年頃）の泊瀬朝倉の宮跡の可能性があり、さらに六世紀、七世紀末の遺跡も発見されており、この地は雄略天皇の時代に始まり、古代、中世、近世を通して、人々が行き交う岐《ちまた》として賑わいを続けてきたとされる。

倉梯の里、崇峻天皇の御陵はいずこに

なほ山のそばづたひを、行《ゆ》き〳〵て、倉梯《くらはし》の里にいでぬ。こゝはかのさくら井よりくる道なりけり。はつせより来《こ》し程は二里。たむの峯《みね》迄は、なほ一里有りとぞ。しばしやすめる家にて、例《れい》の都《みやこ》のあとを尋ぬれば【三十三代崇峻天皇の都倉梯柴垣の宮】、あるじ、この里中に金福寺《きんぷくじ》と申す寺ぞ、その御跡《みあと》には侍る。

このおはしける道なる物をとて、子《こ》にやあらん、十二三ばかりなるわらはをいだして、案内《あない》せさす。これにつきてゆきて見る。二三町ばかりも立ちかへりて、かの寺といひしは、門《かど》などもなくて、いとかりそめなる庵《いほり》になん有りける。

猶くはしきこともきかまほしくて、あるじのほうしをとぶらひしかど、なきほど也けり。まへにごまだうとて、かやぶきなるちひさき堂のあるを、さしのぞきて見れば、不動尊のわきに、聖徳太子崇峻天皇とならべ奉りて、かきつけたる物たてり。されどむげに今やうのさまにて、さらに古《いにしへ》しのぶつまと成りぬべきものにはあらず。くらはし川は、やがて此のいほりのうしろをながれたり。すべてこゝは、山も川も名ある所ぞかし。

さきの家にかへりて、また御陵【倉梯岡陵崇峻天皇】はいづこぞととへば、そは忍坂《をさか》と申す村より五丁ばかりたつみの方《かた》に、みさゝき山とて、こしげき森の侍るなかに、洞《ほら》の三ッ侍る、ふかさは五六十間も侍るべし。こゝより程はとほけれど、そのあたり迄も、なほくらはしの地《ところ》には侍る也といふ。いでその忍坂は、きしかたの道なりしに、さることもしらで、過ぎこし事よと、いとくちをし。こゝよりは廿町あまりもありといへば、え行《ゆ》かでやみぬ。
かの音羽山《おとばやま》といひつる山、こゝより東にあたりて、いと高くみゆ。倉梯山《くらはしやま》は、ふるき歌《万葉》共によめるを見るに、いとたかき山と聞えたれば、これやそならんと覚《おぼ》ゆ。

宣長は「崇峻天皇陵はいずこか」と主《あるじ》に尋ねる。それを聞かれ主《あるじ》は、「忍坂と申す村より五丁ばかりたつみの方に、陵山とて、こしげき森の侍るなかに、洞《ほら》の三ツ侍る、ふかさは五六十間も侍るべし」と即答した。現在の赤坂天王山古墳の場所である。古墳群についても正確に話している。洞が三つあるという。赤坂天王山古墳の一号、二号、三号墳が開口していたと思われる。

大和の陵の調査は『元禄年間　山陵調査』に始まる。奈良奉行所の与力、玉井与左衛門定時が奉行所のあれこれを書き残し、それを橿原考古学研究所がまとめて刊行している。それを紹介したい。

元禄十年（一六九七）九月七日に京都所司代から奈良奉行に山陵調査の命があった。

三十三帝の陵が指定され、奉行所はそれを郡別に列挙して、廻状を発出した。その日付は九月九日で対応はすこぶる迅速だ。

九月十五日頃から、各村の庄屋、年寄の連名で報告が寄せられる。九月二十六日には、判明分の十四帝の陵を京都所司代に報告、十九帝の不明分についても覚え書きを作成した。

この報告に基づいて、幕府は陵に垣を作ること、年貢地であれば除地することを指示した。

現地調査の必要も生じ、奈良奉行所は十一月三日から与力、同心併せて三班の調査団を各地に出向かせる。その後も調査はすすめられて、翌十一年正月二十九日に報告書が完成、二月六日には、陵を囲む竹垣の工事の入札が行われた。

以上が元禄の調査の概要である。きわめて効率的で、江戸時代の行政の精緻さには舌を巻く。

崇峻陵は、その調査の対象となった。

奉行所からの問い合わせは倉橋村に届いた。倉橋村庄屋久四郎は「金福寺が陵」と回答、また金福寺から十八町先に「岩屋」（赤坂天王山古墳）があり、「根廻りは五五間、穴口は二尺四方、奥行は七間一尺八寸、奥は広く石の棺御座候」とするが、「御陵幷岩屋崇峻天皇と申し伝え無き」として、岩屋は陵ではないと報告した。

この村の報告に、奈良奉行所は納得できない。まず、金福寺への立ち入り調査が行われた。調査は念入りで、寺堂の敷板を外して床下まで調べて、御陵らしきものは無い（現在の崇峻天皇陵の場所）と判断した。

倉梯村には御陵と見られるものは「岩屋」（現在の赤坂天王山古墳）以外はないとして、「岩屋」を崇峻天皇陵と認定した。

「岩屋」は竹垣で囲まれ、村人はここを崇峻天皇陵と認識することとなった。

主《あるじ》は、この経過を宣長に伝えたのである。

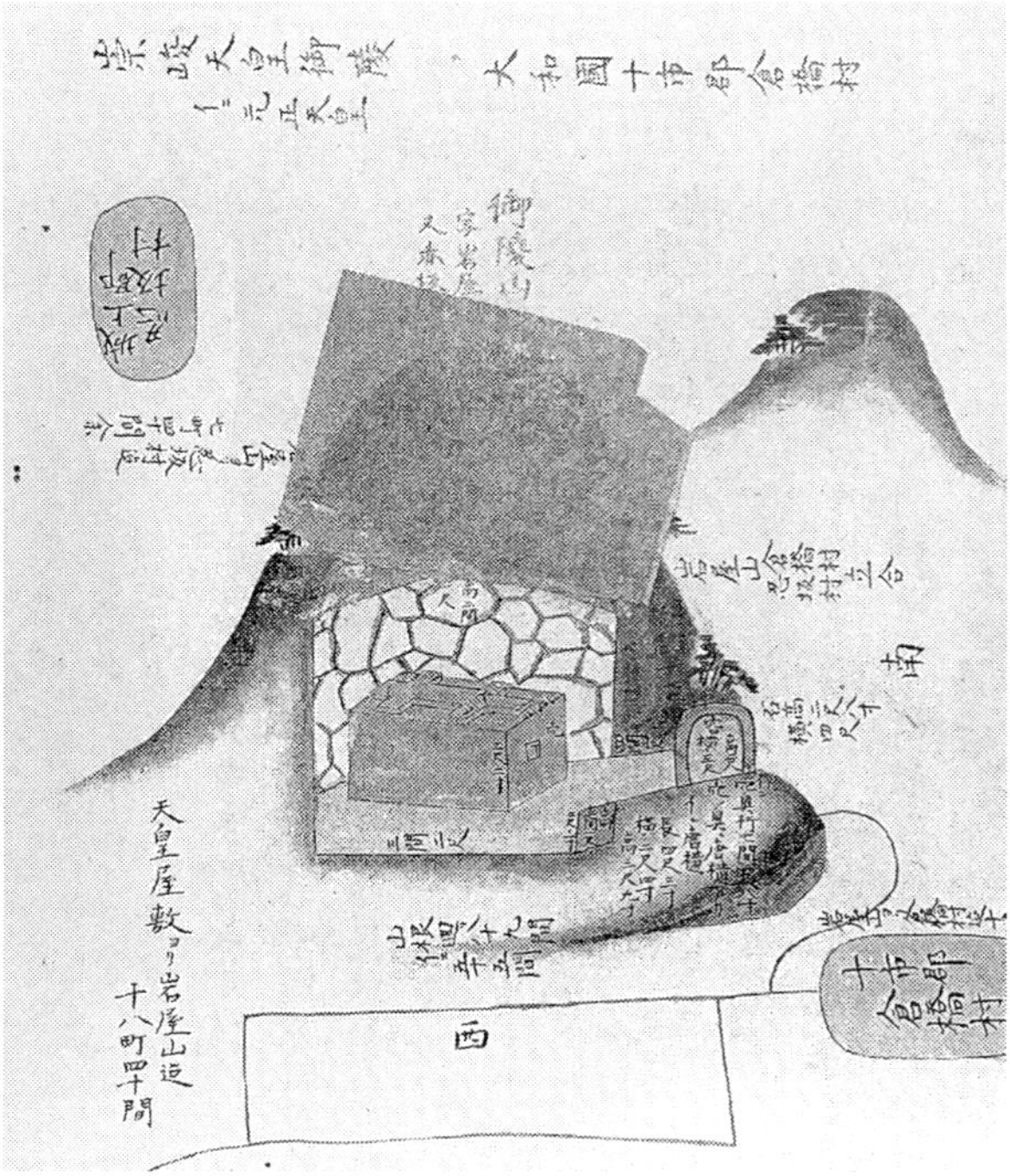

『諸陵考全』（元禄年間山陵調査）
奈良県立図書情報館所蔵

下居と長門

さてこの里を出でて、五丁ばかり行きて、土橋《つろばし》をわたりて、右の方に下居《おりゐ》といふ村あり。その上の山に、こだかき森の見ゆるは、用明《二十二代》天皇をさめ奉りし所なりと、かの屋のあるじの教《をし》へしは、所たがひて覚ゆれど、猶あるやう有るべしと思ひて、のぼりて見るに、その森の中に、春日《かすが》の社とて、ほこらあり。そのすこしくだる所に、山寺の有りけるに立ちよりて、たづぬれば、あるじのほうし、かれは御陵にあらず、用明の御《おん》は、長門村といふ所にこそあなれといふに、さりや、かの教《をしへ》しは、はやくひが事なりけりと、思ひさだめぬ。されど此の森も、やうある所とは見えたり。ふるき書《ふみ》に【文徳實録九又神名帳】椋橋下居神《くらはしおり井のかみ》とあるも、此の里にこそおはすらめ。

『延喜式神名帳』は「下居神」を十市郡十九坐のうちの一柱としてあげている。

この下居神の候補地は、古くから二カ所が挙げられていた。一つは、宣長がいま立っている下居の神明社で、いま一つは川下の浅古、倉橋、下の三カ大字（集落）によって祀られている下居神社である。

この所在地論は長く混乱したが、『桜井市史』は「神明神社。下居の集落の上方、山の中腹に鎮座する旧村社。……当社を式内の下居神社として当てる説が『大和志』以来あるが、単に地名が下居という以外、何らの伝承・史料も残されていない」と結論づけている。

さて、宣長は倉橋の家の主《あるじ》に、「下居の村の小高き森は用明（三十二代）天皇の陵」と教えられた。「所たがひて」とは考えるが、これを宣長は下居の山寺で確かめる。山寺の法師は「ここは用明天皇の陵にあらず、それは長門村にある」と答えた。

『日本書紀』は「天皇、即天皇位す。磐余に宮つくる。名づけて、池辺双槻宮《いけのへなみつきみや》と曰う」とする。さらに「秋七月に……磐余池上陵《いわれいけのへの》に葬《はぶ》りまつる」と、宮地と陵について記している。

『大和志』が記す。用明天皇の宮は、「安部長門邑。用明天皇元年に館す。磐余双槻の池の西に。名は池辺双槻宮」。これが近世の共通の認識である。だから、下居の法師も「長門村という所にあなれ」と言い切るのである。

この長門村はいずれかという事である。これは桜井市大字阿部字長門の事で、安倍文殊院の北側の垣内《かいと》の事である。安倍丘陵の北西に張り出す台地上にあり、奈良盆地を見渡すことができる好地にあり、その麓に磐余池の可能性も指摘されてきた。しかし、近年の発掘などの成果により、磐余池は橿原市東池尻に在りとの論も強くなってきている。宮地と池が近接していたとのことで、宣長の質問も「長門はどこか」、「磐余池はどこだろう」という事だったのだろう。

瓔珞経の五十二町石

かの土橋を渡りては、くら橋川を左になして、ながれにそひつゝのぼりゆく。此の川は、たむの峯よりいでて、くらはしの里中を、北へながれ行く川なり。此の道に、桜井のかたよりはじまりて、たむのみね迄、瓔珞經《えうらくぎやう》の五十二位といふ事を、一町ごとにわかちて、ゑりしるしたる石《いし》ぶみ立《たち》たり。すべてかゝるものは、来《こ》しかた行《ゆ》くさきのほどはかられて、道ゆくたよりとなるわざ也。

なほ同じ川ぎしを、やう〳〵にのぼりもてゆくまゝに、いと木《こ》ぶかき谷陰になりて、ひだり右より、谷川のおちあふ所にいたる。瀧《たき》つ瀬《せ》のけしき、いとおもしろし。そこの橋をわたれば、すなはち茶屋あり。

こゝははや多武《たむ》の峯の口なりとぞいふ。さて二三町がほど、家たちつゞきて、又うるはしき橋あるを渡り、すこしゆきて惣門《そうもん》にいる。左右に僧坊《そうばう》どもこゝらなみたてり。

多武峰の町石を、宣長は激賞する。

多武峰、一の鳥居は浅古（桜井市）に置かれる。石の鳥居で高さは八・五メートルもあり、堂々の鳥居である。この鳥居の脇に「初町」と刻まれた石碑があり、境内の摩尼輪塔《まにりんとう》の横には「第五十二町」と刻まれた同型の石碑が立てられている。この石碑群を町石という。

仏教では悟りに達するために五十二の段階、修業が必要とされているが、それに対応して多武峰は五十二基の町石を配置したのである。修行は信心から始まり念心、精進心と進み、五十二番目の妙覚位が悟りを開いた境地とされている。町石もこれにならい、一基ごとに「信心位　初町」、「念心位　二町」、と刻まれ、最後は「第五十二　妙覚位」とされている。町石を道しるべとして参詣すれば、おのずから仏の境地に到達できるということだ。

一九七九年の『桜井市史』に、町石のすべてが紹介されている。二〇〇五年には奈良国立博物館が研究紀要で『多武峰の町石　現況報告』と題して取り上げている。二〇一六年には元興寺文化財研究所が県道拡幅工事に伴う調査として町石の悉皆調査を実施、それを『多武峰町石調査報告書』としてまとめた。

何度も調査されたのは訳がある。町石は、次々と改修される県道に面している。道路が動くたびに、町石も動かされる。したがって報告書はその時々の確定版という事である。

五十二基の町石のうち、三十二基が現存している。

現況と三報告書を照らし合わせてみよう。

神社の東の入り口、屋形橋を越えると短い距離のところに第四十六町、第十九町、それから第四十七町が順に置かれている。

第十九町は外から持ち込まれたものである。この石は、『桜井市史』は北音羽にあると記している。これが五十年前である。ところが奈良博の『研究紀要』は、ここに移設されたとする。そこで、「もともとは、どこにあったか」が課題で、それを聞いて回った。北音羽で「ここにあった。トラックに当てられ折れていた。道路拡張の時に置く場所なしとなり、神社が引き取っていった」と経過を知る人に出会った。顛末を話すと、「そうか、屋形橋の上にあるか」と、町石の消息を知りとても嬉しそうである。

寺川沿いの下区《しも》の第六町石も注目したい。現在は完形で「すくっ」と立っている。『市史』によると「亡失」となっている。ところが『研究紀要』では横倒しとなっている写真が掲載されていた。ワイヤーロープが掛けられて、どこからか引き上げられた様子である。

江戸時代に立てられたものが、五十年前には亡失で、二十年前には横倒し、現在は立って役割を果たしている。それを所在地の下区の桝田区長にお聞きした。「昭和二十五年のジェーン台風で流されたと聞いている。ところが河川改修の時、川底で発見した。それを拾い上げた。平成二十二年(二〇一〇)に区で立て直した。再建の式典もおこなった」と言われるのである。

長い間、旅人の道しるべとなった町石のすごさ、そしてこれを守り、今も大事にしている地域の心の温かさがうれしい。

　町石を一基ごと、よく見ていただきたい。文字が判読できるものもあちこちに残されている。一の鳥居から談山神社に至るまで、一町ごとに、およそ百《メートル》を区切りに置かれている。地元では、「ちょうせき」とも「ちょういし」とも呼ばれている。

　すべての町石に「承応三年（一六五四）」の年号が刻まれている。対となっている摩尼輪塔はさらに古いもので、乾元二年（一三〇三）、鎌倉時代に彫られている。

　摩尼輪塔は鎌倉時代、町石は江戸時代に作られた。もともとは石製の摩尼輪塔と木製の卒塔婆という組み合わせだったが、この卒塔婆を石製で立て直したのが江戸時代だったとされている。摩尼輪塔《まにりんとう》は国の重要文化財の指定、対となる町石は奈良県の文化財に指定されている。

五十二町石と摩尼輪塔

多武の峯の仏堂、西の惣門

御廟《みべう》の御前《おまへ》は、やゝうちはれて、山のはらに、南むきにたち給へる、いといかめしく、きら〳〵しくつくりみがゝれたる有様、めもかゞやくばかり也。十三重の塔《たふ》、又惣社など申すも、西の方に立ち給へり。すべて此所《このところ》、みあらかのあたりはさらにもいはず、僧坊のかたはら、道のくま〴〵まで、さる山中《やまなか》に、おち葉《ば》のひとつだになく、いと〳〵きらゝかに、はききよめたる事、又たぐひあらじと見ゆ。

桜は今をさかりにて、こゝもかしこも白たへに咲きみちたる花の梢《こずゑ》、ところからはましておもしろき事、いはんかたなし。さるはみなうつしうゑたる木どもにやあらん、一《ひと》やうならず、くさ〴〵見ゆ。そも此の山に、かばかり花のおほかること、かねてはきかざりきかし。

谷ふかく分いるたむの山ざくら　かひあるはなのいろを見るかな

鳥居《とりゐ》のたてるまへを、西ざまにゆきこして、あなたにも又惣門あり。そのまへを直《ただ》ざまにくだりゆけば、飛鳥《あすか》の岡《をか》へ五十丁の道とかや。その道のなからばかりに、細川《ほそかは》といふ里の有りと聞《き》くは、南淵《みなぶち》の細川山とよめる所にやあらん。

又そこに、此のたむの山よりながれゆく川もあるにや、【萬葉九に「うちたをりたむの山霧しげきかも細川の瀬に浪のさわげる」】たづねみまほしけれど、え行《ゆ》かず。

まずは石段を登りつめる。神社の最上段、右手には舞台造の拝殿、楼門、本殿の朱色がまばゆい。左手にはここだけ、これだけという世界で唯一の木造の十三重塔を仰ぐことができる。その美しさは格別である。他にも摂社末社の神殿の数々が境内を埋め尽くす。併せて、仏殿だった神廟拝所も拝見することができる。

神社の由緒、歴史に由来して、建築物に神仏混淆が色濃く残されている。

藤原鎌足公を弔うために多武峰《とうのみね》に十三重塔を建立し、その塔を拝む位置に妙楽寺という講堂が建てられた。講堂は多武峰の信仰の中心となり、お堂の名が多武峰妙楽寺の名で、一山の総称にもなっていく。併せて、塔に並べて鎌足公を神として祀る聖霊院《しょうりょういん》が建立され、多武峰の神仏習合の信仰が確立されていった。

神仏習合の妙楽寺は、廃仏毀釈で根底から揺さぶられた。

神仏の分離を求められた僧、神官は妙楽寺を廃寺とし、多武峰を神社にすると決めた。仏教的影響は境内から排除された。講堂の本尊だった阿弥陀如来像は桜井市内の別の寺院に移され、壁に描かれていた仏教画も失われた。講堂は社務所として使われ、その後は神廟拝所と役割を変えた。多武峰は談山神社として再出発した。

講堂の壁画の事である。画は神仏分離で消されたとされていた。しかし、これが残っていた。昭和四二年、壁を覆っていた白い板を外したところ、十六羅漢図や鼓《つづみ》や笙《しょう》をもって空をただよう飛天の壁画が現れた。狩野派の絵師によって描かれたもので、そのまま壁画は公開されることとなる。

神仏混淆の宣長の時代にさかのぼって、多武峰の境内を見てみよう。

多武峰の支院は江戸時代に最大となり四十二院を数えたという。維新当時でも三十三坊だったとの記録が残る。宣長は、その寺の道の隅々まで、おち葉のひとつもなく掃き清められていたと記した。『大和名所図会』、『西国三十三所名所図会』を見ると、当時は立木は少なかった。それでも、両絵図ともに竹帚で落ち葉を掃く人が描かれていて、「落ち葉のひとつだになく」には、山中の多武峰は苦労もしていたことが読みとれる。

鳥居を出て西にすすむと惣門にいたる。直《す》ぐ降りていけば飛鳥の岡への道と、宣長は解説する。右へ折れれば北山を経て桜井への道、さらに高家に下りる道もあれば、鎌足が誕生したという伝がある大原への道もあった。

そして左に折れれば冬野、竜在峠を経て吉野へ至る道である。この道を宣長はすすむ。

龍在峠を越えて吉野へ

吉野へは、この門のもとより、左にをれて別《わか》れゆく。はるかに山路《やまぢ》をのぼりゆきて、手向《たむけ》に茶屋あり。やまとの国中《くになか》見えわたる所なり。なほ同じやうなる山路《やまぢ》を、ゆき〱て、又たむけにいたる。

こゝよりぞ吉野の山々、雲ゐはるかにみやられて、あけくれ心にかゝりし花の白雲、かつ〲みつけたる、いとうれし。

さてくだりゆく谷かげ、いはゞしる山川のけしき、世ばなれていさぎよし。たむのみねより一里半といふに、瀧《たき》の畑《はた》といふ山里あり。まことに瀧川のほとり也。又山ひとつこえての谷陰にて、岡より上市へこゆる道とゆきあふ。けふは吉野までいきつべく思ひまうけしかど、とかくせしほどに、春の日もいととく暮れぬれば、千俣《ちまた》といふ山ぶところなる里にとまりぬ、こよひは。

ふる里に通ふ夢路やたどらまし　ちまたの里に旅寝しつれば

此の宿《やど》にて、龍門《りうもん》のたきのあない尋《たづ》ねしに、あるじのかたりけるは、こゝより上市へ直《たゞ》にゆけば一里なるを、かしこへめぐりては二里あまりぞ侍らん。そはまづ此のさとより、かしこへ一里あまり有りて、又上市へは一里侍《はべ》ればといふ。此の瀧かねて見まほしく思ひしゆゑ、けふの多武の峯より物せんと思ひしを、道しるべせし者の、さてはいたく遠くて、道もけはしきよしいひしかば、えまからざりしを、今きくが如くは、かしこより物せんには、ましてさばかりとほくもあらじ物をと、いとくちをし。されどよしの丶花、さかり過ぎぬなどいふをきくに、いとゞ心のいそがるれば、明日《あす》ゆきて見んといふ人もなし。そもこの龍門《りうもん》といふところは、いせより高見山こえて、吉野へも木《き》の国《くに》へも物する道なる。瀧は道より八丁ばかり入るところに有りとなん、いとあやしきたきにて、日のいみしう旱《てる》をり、雨をこふわざするに、かならずしるし有りて、鰻《むなぎ》ののぼれば、やがて雨はふる也とぞ。

立よらでよそにき丶つ丶過る哉　心にかけし瀧の白糸

松坂を出て三日目、この日の最後に竜門山地を横断する。国中《くんなか》と呼ばれる大和の盆地と吉野を交流する道は、いずれもこの山塊を越えなければならなかった。十筋ほどの街道が、鞍部を巧みに利用して峠を越えていた。天武・持統天皇が往来されたという歴史に名高い芋峠を越える道、下ツ道を南進して高取から峠を越える芦原峠が名高い。

宣長一行は多武峰から南進する竜在峠を越えて吉野に入った。峠の標高は七五〇メートルもあり、この一帯の峠道では一番高い峠だったが、通行の頻度は高い。『吉野町史』によれば、この峠の道は「中世以来長らく京都・奈良方面から三輪・初瀬を詣で、多武峰より吉野山へと名所旧蹟巡覧の道順とされてきた」とある。

峠の直下には「雲井茶屋」と称する茶店もあり、竜在の集落もあった。

多武峰の西惣門を出て、左に折れると峠道は始まる。冬野、竜在峠、滝畑、矢立峠（弓立峠）を経て千股に下りている。

この道を歩いた。談山神社の西門を出て、冬野を左に折れて竜在峠に向かう。快適なハイキングコースである。竜在峠を滝畑に向けて下る、そこが竜在の集落の跡。大正時代の末に集落は消滅したが、多くの石垣が、城郭跡のように残っている。滝畑に到着、江戸時代の街道は谷に沿っては下らず、右手の尾根をもう一つ越えて矢立（弓立）峠から千股に下った。

矢立（弓立）峠の道は荒れていた。峠には、「菅笠日記を歩く会」による「弓立峠」の標示が立てられていた。平成二五年三月の日付がある。『日記』の全行程を歩き通されたのだろうか。

峠からは山路をひたすら下り、岩後大師を経て、芋峠から下る道に合流する。

宣長一行は、早朝に榛原を立ち、長谷寺を拝観、長谷の町を一巡している。黒崎では饅頭を食べ、倉梯の陵、多武峰の社を見学してからの西口である。宣長一行の健脚ぶりに重ねて驚かされる。

第三章　花の吉野山

う
え
A
B
C
津風呂湖
津風呂湖
野神宮駅
169
宮滝
銅の鳥居
桜木神社
吉水院
如意輪寺
高滝
徳蔵寺
大滝
吉野水分神社
蜻蛉の滝
青根ヶ峯
西行庵
う
え

吉野山

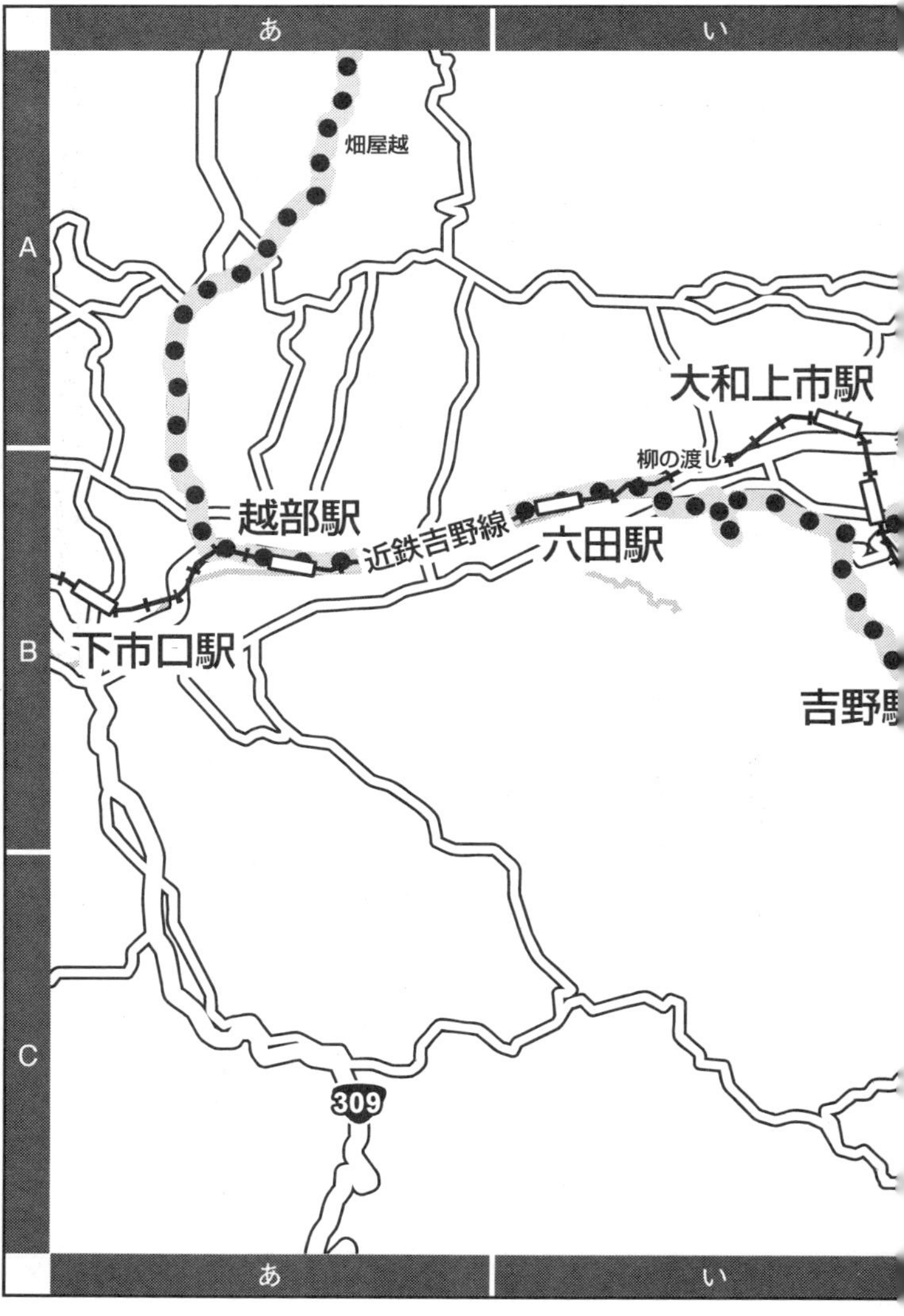
あ
い
A
B
C
畑屋越
大和上市駅
柳の渡し
越部駅
近鉄吉野線
六田駅
下市口駅
吉野駅
309
あ
い

上市で渡り、四手掛明神まで

八日。昨日、初瀬の後《のち》雨ふらで、四方《よも》の山の端もやう〳〵あかりゆきつゝ、多武《たむ》みねのあたりにては、名残りもなく晴《はれ》たりしを、今日も又いとよき日にて、吉野もちかづきぬれば、今朝はいとゞ足かろく、みな人の心ゆく道なればにや、ほどもなく上市に出でぬ。此のあひだは、一里とこそ言いしか、いと近くて、半里にだにも足らじとぞ覚ゆる。

よし野川ひまもなくうかべるいかだをおし分けて、こなたのきしに船さしよす。夕暮ならねば、渡し守《もり》は早《はや》とも言わねど、【いせ物語に　渡し守はや船にのれ日もくれぬといふに、云々】みな急ぎ乗りぬ。

いもせ山はいづれぞと問へば、河上のかたに、流れをへだてゝ、あい向かいてまぢかく見ゆる山を、東なるは妹《いも》山、西なるは背《せの》山と教ふる。されどまことに此の名をおへる山は、紀の国にありて、疑いもなきを。

かの中に 古今恋五 おつるよし野の川に思いおぼれて、必ずこゝとさだめしは、世のすきもののしわざなるべし。されど、

妹背山なき名もよしやよしの川　よにながれてはそれとこそ見め

あなたの岸《きし》は、飯貝《いがひ》といふ里なり。さて川べにそひつゝ、すこし西《にし》に行きて、丹治といふ所より、吉野の山口にかゝる。やゝ深く入りもてゆきて、杉むらの中に、四手掛《しでがけ》の明神と申すがおはするは、吉野の山口神社《神名帳》などにはあらぬにや。されどそういうばかりの社《やしろ》とも見えず。

三月八日の朝、吉野川を渡った。今の暦なら四月十日である。「いよいよ吉野」と気持ちも高ぶり、千股からの道を一気に下りてきた。

対岸の飯貝から戻る渡し舟を待ちわびる。船が着けば、「みな急ぎ乗りぬ」で吉野川を渡る。

上市の上流、吉野川の東岸に妹山《いもやま》があり、川岸には大名持神社がまつられている。川を挟んだ西岸には背山《せのやま》があり、合わせて妹背の山である。明和八年(一七七〇)一月二十八日に初演となった『妹背山婦女庭訓《いもせやまおんなていきん》』の浄瑠璃の舞台として吉野が取り扱われてからは、妹背の山として広く知れ渡ることになった。

宣長は、「此名をおへる山は、紀の国にありて疑いなきを」と、これに異をはさむ。

名張の横川でも触れているが、「畿内は、東の名墾《なばり》の横河《よこかわ》より以来《こなた》、南は紀伊の兄山《せのやま》より以来、西は明石の櫛淵《くしふち》より以来、北は近江の狭々波の合坂山《おふさかやま》より以来を畿内国《うちつくに》とす」との「改新の詔」(六四六年)によって、兄《せ》の山は紀伊にあることは明確である。

妹背山は「紀の国で疑いなきもの」だったが、古今集の「流れては妹背の山のなかに落つる　吉野の河のよしや世の中」あたりから、事情が変わるようである。短絡すぎるかとも思うが、宣長の旅の一年三カ月前の『妹背山婦女庭訓』のシナリオでこの流れはさらに強まったのだろう。

さて、妹背の山を論ずるまでもなく、吉野川の南北は古代、中世、近世のいずれの時代にも特別の意味があった。国中《くんなか》から吉野川を渡る、その先は神仙の国である。吉野川までは人が支配する野であり道だった。吉野川は禊の場である。川を渡れば神仙の地であった。男女が川で引き裂かれた境という妹背ということだけではなく、吉野川は「人が統治できる場」と「神仙の地」とを分ける川とされてきたと言えないだろうか。

いよいよ吉野山の初めの坂である。ロープウェイを左手に見ながら七曲りに差しかかるあたりに「幣掛《しでかけ》神社」が鎮座する。

大峯山に登拝することを「山上参り」というが、ここがその入り口で一の行場と聞く。祭神は速秋津比売命《はやあきつひめのみこと》で、水の神である。桜を育てる清らかな水が滾々《こんこん》と湧き出る泉がある。この泉はいかなる日照りにも涸れたことが無いと伝えられている。

一目千本

此の森より下にも上にも、此のわたりなべて桜のいとおほかる中《なか》を、のぼり〳〵て、登りはてたる所、六田《むつだ》のかたより登《のぼ》る道との行き合いにて、茶屋あり、しばし休む。この屋《いえ》は、過こし坂路より、いと高く見やられし所也。

こゝより見わたすところを、一目千本《ひとめせんぼん》とか言いて、大かた吉野のうちにも、桜の多かるかぎりとぞ言うなる。げにさも有《あ》りぬべく見ゆる所なるを、だれてふをこの者《もの》か、さるいやしげなる名はつけゝんと、いと心づきなし。

花は大かた盛りすぎて。今は散り残りたる梢どもぞ、むらぎえたる雪のおもかげして、所々に見えたる。

そも〳〵此の山の花は、春立てる日より、六十五日にあたるころほいなん、いづれの年もさかりなると、世には言うめれど、又わが国人《くにびと》の来て見つるどもに問いしは、かのあたりの盛りの程を見て、こゝに物すれば、よきほどにぞと、これもかれも言いしまゝに、其程うかゞひつけて、いで立《たち》しもしるく、道すがらといしつつ来《こ》しにも、よきほどならんと、多くはいひつる中《なか》に、まだしからんとこそ、言いし人も有りしか、かく盛り過《すぎ》たらんとは、かけても思ひよらざりしぞかし。

なおこゝにて詳しく問い聞けば、この二月《きさらぎ》のつごもりがた、いと暖かなりしけにや、例《れい》の年《とし》のほどよりも、今年《ことし》はいとはやく咲出《さきい》で侍《はべ》りつるを、いにし三日四日ばかりや、盛りとは申すべかりけん。そも雨しげく、風ふきなどせし程に、まことに盛《さか》りと申しべきこころも侍らぬ様《やう》にてなん、うつろひ侍りにし、と語るを聞けば、そのとしぐ〜の寒《さむ》さぬるさにしたがひて、おそくもとくもあることにて、かならずそのほどと、かねては此の里人《さとびと》もえ定めぬわざにぞ有りける。

宣長は生涯、日記を書き続けた人だった。勉学の事、研究の事、出版などの普及の事、家庭の事などあらゆることを書き続けた。そして、それが見事に残されている。本人の努力で残った。さらに家族や子孫、門人らが貴重なものとして扱ってきた。『本居宣長全集』の第十六巻がそれに充てられている。もちろん、明和九年（一七七二）の吉野行きもここに記録されている。

「明和九年三月五日。吉野に花を観に行く。今朝発足、同伴は覚性院、小泉見庵、稲垣十助、同常松、中里新次郎也」とあり、旅の目的が花見だったと記している。吉野桜への宣長の思い入れは一入《ひとしお》である。松坂からの道中でも、ことある毎に、吉野の花の開花状況に心を揺れ動かせながらの旅だった。

その吉野で、山に広がる桜を見ている。七曲りを登り、登り切った所が六田《むつだ》からの合流点、その茶屋で休んでいた。「花は大かた盛りすぎて。今は散り残たる梢どもぞ、むらぎえたる雪のおもかげして、所々に見えたる」という。立春の日より六十五日目頃に吉野の桜は咲くと聞いていたので、出発日も計画的に決めて出て来たと、恨み言もでる。

「二月の末が暖かくて例年より花は早かった」、「つい先頃の気候が悪くて雨降り、風も吹き荒れて、桜の盛りは無かった」などと、この茶屋で聞いたのであろう。年ごとの開花の時期は「此の里人も定めぬわざ」と聞き、最後は自らを慰める。

この茶屋の辺りは「ちもと」と呼ばれていた。ここからみる桜が「一目千本」、しかし宣長はこれが許せない。「どこの愚か者が、一目千本《ひとめせんぼん》などと言う卑し気な名を付けたか」と激しくなじる。ここら辺りの宣長の心情を解釈する書・文がない。ちもと辺りから西に嵐山、七曲りを見下ろせば亀石桜、東の山は花園山の桜、それぞれに由緒があり、名所でもある。「一目千本」などと、それを一くくりで呼ぶのが宣長は許せなかった、ということだろうか。

全山で七万本とも言われる吉野の桜は、ちもとの辺りは「下千本」、勝手神社から如意輪寺辺りを中千本、水分神社までを上千本、金峰神社から西行庵辺りを奥千本と名付けられている。吉野の桜は標高二五〇《メートル》から八〇〇《メートル》の尾根に連続的に分布している。下《しも》から奥《おく》まで、桜花は二〜三週間かけて咲きのぼっていく。

二王門を過ぎて宿へ

うしとらの方に、御舟《みふ子》山といふ山見えたり、【万葉に「瀧のうへの御船の山」】されどその山は、瀧のうへのとよみたれば、此のちかき所《ところ》などにあるべくも覚えず、これも例のなき名なるべし。

こゝはよし野の里にいる口にて、これよりは町屋たちつゞけり。二三町ばかりゆきて、石の階《はし》をすこしのぼりたる所に、いと大きなる銅《あかゞ子》の鳥居《とりゐ》たてり。發心門《ほっしんもん》としるせる額は弘法大師の手《て》也とぞ。

又二町ばかりありて石の階《はし》のうえに、二王《にわう》のたてる門あり。此のわたりにも桜有りて、さかりなるも多く見ゆ。かのみふね山、こゝよりは、むかひにちかく見えたり。まづ宿りをとらんとて、蔵王堂《ざわうどう》には詣いらでですぎゆく。堂《だう》はあなたに向かいたれば、かの門は、うしろの方にぞたてりける。

そのあたりに、きよげなる家たづねて、宿《やど》をさだめて、まづしばしうちやすみ、もの食いなどして、今日、明日の事ども語らい、道しるべすべきもの雇いて、真近かき所々を、見《み》めぐらんとて出《い》でたつ。

この借《か》りつる宿は、箱やの何がしとかいふものの家にて、吉水院《よしみづ井ん》ちかき所なりければ、まず詣《もう》づ。

一行は黒門にさしかかる。黒門は吉野山の関所であり、ここらあたりの桜が「関屋の桜」と呼ばれる。続いて銅《かね》の鳥居である。大峰山入山の第一門で、額も発心門と掲げられる。さらに、歩をすすめて仁王門を見上げたが、参拝することなく境内を通り抜けた。

宿の決め方は極めて簡略である。宿を定めて、食事をとりつつ吉野山の探索の方向を考える。道案内は宿の紹介だろうか、ここで雇ったという。

『吉野山独案内』という書物がある。大滝の僧、謡春菴周可が記した。寛文十一年（一六七一）の刊行で、吉野山の総合的な案内書としては嚆矢と言えるものである。

『吉野山独案内』は、当時の吉野山の町並みを紹介している。

「関屋の花より子守明神の坂の下まで、かけ作りの家居千軒《せんげん》の余有《よ》。みな旅人をとめ、うり物には花をかざり、名物には　頭襟《ときん》　螺《ほらがひ》　燧《ひうち》　塗物《ぬりもの》　葛《くず》　榧《かや》　茶《ちゃ》　紙　漆《うるし》　多葉草《たばこ》　造花《つくりばな》　花籠《はなかご》　瓶鮨《つるべすし》　材木　杉丸太《すぎまるた》　柿　木鉢《きはち》　山折敷《やまをしき》　松茸《まつたけ》　椎茸《しひたけ》」。

これが、宣長の訪れた百年も前の吉野山の町並みだった。吉野山の賑わうさまを思い浮かべていただきたい。

宣長は、「箱やの何がし」に連泊、吉野山の隅々を探訪することとなる。

吉水院（吉水神社）

この院は、道より左へいさゝか下《くだ》りて、又すこしのぼる所、はなれたる一ッの岡にて、めぐりは谷なり。後醍醐のみかどの、しばしがほどおはしましゝ所とて、有《あ》りしまゝに残れるを、入りてみれば、げに物ふりたる殿《との》のうちのたゝずまひ、よのつねの所とは見えず、かけまくはかしこけれど。

いにしへのこゝろをくみてよし水の　ふかきあはれに袖はぬれけり

かのみかどの御像《みかた》、後村上帝《ごむらかみみかど》の御《おん》手みづからきざみ奉り給へるとて、おはしますを拝《をが》み奉るにも。

あはれ君この吉水にうつり来て　のこる御影《みかげ》を見るもかしこし

又そのかみのふるき御たから物ども、あまた有りて見けれど、こと〴〵くはえしも覚えず。此の寺の内に、ささやかなる屋《や》の前うしろはれて、見わたしの景色いとよきがあるに、たち入りて、煙ふきつゝ見いだせば、子守の御社の山、むかひに高く見やられて、其の山にも、かたへの谷などにも、ひまなく見ゆる桜どもの、今は青葉がちなるぞ、かへす〴〵口惜しき。さは言えど奥ある花は、盛りとみゆるも、猶あまたにて。

ミよし野の花は日数もかぎりなし　青葉のおくも猶盛りにて

滝桜といふも、かしこにありと教ふ。

咲にほふ花のよそめはたちよりて　見るにもまさる滝のしら糸

日くるゝ迄見るとも、飽くよあるまじうこそ、又雲い桜と言うもあり、後醍醐の帝の此の花を御覧《ごらん》じて。

こゝにても雲ゐのさくら咲にけり　たゞかりそめの宿とおもふにとよませ給ひしも。

世々をへてむかひの山の花の名に　のこるくもゐのあとはふりにき

「吉水院での後醍醐天皇の悲哀を思うと、涙がとまらない」。「後村上天皇が刻まれたという帝の肖像を拝見するのもなお畏れ多い」と、宣長の南朝への思い入れはきわめて深い。

「こゝにても雲ゐのさくら咲にけり　たゞかりそめの宿とおもふに」と後醍醐天皇の歌（新葉和歌集）を紹介しつつ、「花の名として雲居桜は残るが、皇居の跡は見る影もなくふるぼけた」と、時の流れを嘆いた。

ここで、吉野山の歩き方を考えてみた。順々に吉野山の旧跡を辿っていくのもいいが、テーマごとの歩き方がおもしろい。

宣長がこだわった「後醍醐天皇の足跡をたどる」は、吉野山のテーマとしては最重要であろう。この吉水神社（吉水院）がまずは一番。そして、吉野朝宮跡の実城寺跡（南朝妙法殿）、如意輪寺と後醍醐天皇陵は欠かせない。天皇を吉野山に迎えた宗信法印の墓、それから御幸の芝なども興味深い。明治時代の創建ではあるが、後醍醐天皇を祭神とする吉野神宮も必拝である。

同じように大塔宮護良親王に関わる旧跡、吉野の水分《みくまり》に関わる遺跡、豊臣秀吉の花見、義経に関わる伝承など吉野にテーマは尽きない。廃仏毀釈に関わっての吉野山の盛衰は専門的なテーマともなる。修験道を考えれば、これは吉野山を貫く一大テーマである。

吉野山はどんな切り口でも、楽しめるし学べるという事である。

まとめとして吉水神社の成り立ちを見ておこう。

修験道の一端を担う吉水院として歴史を刻んだが、明治維新の神仏分離の際に神社に改まって吉水神社と称することになる。

南朝の元宮であり後醍醐天皇を祭神とし、忠臣であった楠木正成、吉水院宗信法印を合祀する。また、源義経の吉野山入山は『吾妻鏡』にあり、吉水院に潜居したと伝えられ、同院には義経潜居の間なども残されている。

文禄三(一五九四)年三月には豊臣秀吉の花見の本陣にも使われた。

蔵王堂

さて蔵王堂にまうづ。御《み》とばりかゝげさせて見奉れば、いとも〳〵大きなる御像《みかた》の、いかれるみ顔して、かた御足《みあし》さゝげて、いみしうおそろしきさまして立給へる、三《み》柱おはする。たゞ同じ御《おん》やうにて、けぢめ見え給はず。堂は南向きにて、縦も横も十丈あまりありとぞ、作りざまいとふるく見ゆ。

前に桜を四隅《よすみ》にうゑたる所あり。四本桜と言うとかや。その方《かた》つかたに、くろがねのいと大きなる物の、鍋《なべ》などいふもののさまして、かけそこなはれたるがうちおかれたるを、何ぞととへば、昔塔の九輪《くりん》の焼け落ちたるが、かくて残れるなりといふ。口のわたり六七尺ばかりと見ゆ。その塔の大きなりけんほど、おしはかられぬ。

「蔵王堂は、まずは遠く南から仰ぐべし」と思う。入母屋檜皮葺の屋根は広壮にして雄大である。高さ二七・七メートルで、日本建築としては東大寺大仏殿に次ぐ高さを誇る。蔵王堂は南から入堂してこそ、その威容を感じることができる。

蔵王堂の柱の数は六十八本。木肌も荒々しい杉、檜、ケヤキ、松などの巨木が、大きな屋根を支えている。一番の太い柱は「神代杉の柱」の名を持ち周囲が三・六メートル、向かい合う杉の柱は三・三メートルもある。「躑躅《つつじ》」、「梨の木」と称される柱も立てられる。皮をはいだだけの巨木の柱は、工事を急いだから、との論もあるが、ここは「自然のままの柱の木目に修験の厳しさを感ぜよ」の気迫である。

　こんな柱を持つ蔵王堂は戦火、失火で何度も被害を受けてきた。今日見ることができる堂は、天正二十年（一五九二）に再建されている。

　内陣には巨大な厨子に三躯の蔵王権現が安置される。役行者が感得した蔵王権現、憤怒形である。過去を救済する中尊は七・二八メートル、向かって右は現世を救済する像で六・一五メートル、左の像は未来を救済する力があり、背丈は五・九二メートルもある。宣長の感想は、「同じ御姿で、その差がわからない」と、ちょっと気合が入らない。

　蔵王権現像には天正十八年（一五九〇）に南都大仏師宗貞、宗印の墨書きが残されている。造像は蔵王堂の再建と期を一にする。仏師宗印は京都方広寺大仏を造立、奈良では安倍文殊院の渡海文殊菩薩群像の最勝老人像と獅子像を補作したことが知られる。

　宣長は境内の「四本桜」を紹介する。四本の桜は今も植えられている。『大和名所図会』は、「四本の桜は蔵王堂の前にありて、大塔宮ここにて舞楽を奏したまひける所となり」と紹介する。

実城寺から勝手神社

堂のかたはらより西へ、石の階《はし》をすこしくだれば、すなはち実城寺《じつじやうじ》なり。本尊の左のかたに後醍醐天皇、右に後村上院の御位牌《おんゐはい》と申す物たゝせ給へり。此の寺も、前《まへ》のかぎり蔵王堂のかたにつゞきて、後《うしろ》も左も右もみなやゝくだれる谷なり。されどかのよし水院よりは、やゝ程《ほど》ひろし。

この所は、かりそめながら、五十年あまりの春秋《はるあき》をへて、三代《みよ》の帝《みかど》【後醍醐天皇、後村上天皇、後亀山天皇】のすませ給ひし、御行宮《おんかりみや》の跡なりと申すはいかゞあらん。事《こと》たがえるやうなれど、をり〳〵おはしましなどせし所にてはありぬべし。今は堂も何も作りあらためて、そのかみの名残《なごり》ならねど、尚《なほ》めでたく、こゝろにくきさま、こと所には似《あ》らず。

此のてらを出でて、もとの道にかへり、桜本坊《さくらもとばう》などいふを見て、勝手《かつて》の社は、この近きとし焼《やけ》ぬるよし。いまはたゞいさゝかなるかり屋におはしますを、をがみて過ぎゆく。此のやしろのとなりに、袖振山《そでふるやま》とて、こだかき所に、ちひさき森の有りしも、同じをりにやけたりとぞ。御影山といふも、この続《つゞ》きにて、木しげきもりなり。

蔵王堂を出て右手、西に突き出た台地がある。三十段ほどの階段を降りると「吉野朝宮址」の碑が立てられる。奥行百メートル、幅は三十メートルほどの台地である。

延元元年（一三三六）の暮、京都を逃れた後醍醐天皇は吉水院に入った。しかし、行宮としては吉水院は狭く、日を経ずして実城寺に遷られた。帝は、ここを行宮とし、名も金輪王寺と改められる。天皇は政権奪回・京都還幸の策を練りつつ、結果的には三度の春を吉野で過ごされる。その後、急な病により、延元四年（一三三九）八月十六日、この地で崩御された。如意輪寺の裏山に塔尾陵が築かれる。この陵地は綸言に示される「魂魄は常に北闕（京都）の天を望まん」の適地であった。葬送の道は金輪王寺から如意輪寺へ、中の千本を通り抜ける道だったであろうか。

行宮としては、やはりここも狭い。『吉野町史』に掲載されている「皇居実城寺間取」を見ても、名のある部屋は三十室を数えない。この地を踏んだ宣長は「三代《みよ》の帝《みかど》のすませ給ひし、御行宮《おんかりみや》の跡なりと申すはいかゞあらん」と異を唱えた。

実城寺は江戸時代には、吉野山の学頭坊としての役目を果たしたが、明治初年に廃寺となった。今、拝観することができる南朝妙宝殿は昭和三十八年（一九六三）の建立である。

宣長一行は二天門跡から南に向かい、勝手神社に向かう。

勝手神社は何度も焼失したが、その都度再建されるという試練の歴史を経ている。近くは平成十三年（二〇〇一）に焼失しており、社殿を今は拝見することができない。

豊臣秀頼が改築したという社殿は、正保元年（一六四四）に焼失している。明暦二年（一六五六）に即印房宥泉により勧進再建されるが、明和四年（一七六七）に焼失する。その直後に宣長は訪れている。その後に再建されるが、平成十三年（二〇〇一）に、また焼失した。

貝原益軒は（『和州巡覧記』一六九六年）拝観しており、宣長は（『菅笠日記』一七七二年）は仮屋しか見ていなくて、『吉野町史』（一九七二年）は写真を掲載していて、現在（二〇二四年）は社殿が無い。

また、益軒は「大宮、若宮、二社也。北向也。此神前にて静法楽の舞いを舞し、装束、幷義経の鎧、宝蔵にありしが、正保の比、火災にやけ失せぬ」として、社殿は見たが装束は失われていたことも紹介している。

勝手神社は変遷を重ねている。ご神体は、現在は吉水神社に遷座している。勝手神社再建委員会が結成され、再建の努力がされている。

竹林院

竹林院《ちくりんゐん》、堂《だう》のまへにめづらしき竹あり。一ッふしごとに、四方《よも》に枝さし出たり。うしろの方に、おもしろき作り庭あり。そこよりすこし高き所へあがりて、よもの山々見わたしたるけしきよ、まづ北の方に蔵王堂、町屋の末につゞきて、物より高く目にかゝれり。なほ遠くは多武《たむ》の山、高《たか》とり山、それにつゞきて、うしとらのかたに龍門《りうもん》の岳など見ゆ。東と西とは、谷のあなたにまぢかき山々あひつゞきて、かの子守《こもり》の御社《みやしろ》の山は、南に高く見あげられ、いぬゐのかたに、葛城山《かづらきやま》はいと〳〵はるに、霞《かすみ》のまより見えたるなど、すべてえもいはず、おもしろき所のさま也。

花とのみおもひ入りぬるよしの山　よものながめもたぐひやはある

時うつる迄ぞ見をる。ゆくさきなほ見どころはおほきに、日くれぬべしとおどろかせど、耳《みみ》にもきゝいれず。くれなばなげの【古今春「いざけふは春の山べにまじりなむ暮なばなげの花の陰かは」】などうち誦《ず》して。

あかなくに一よはねなんみよしの野　竹のはやしの花のこの本

かくはいへど、ゆくさきの所々も、さすがにゆかしければ、そこにたてる桜の枝に、このうたはむすびおきて立《た》ちぬ。

さてゆく道のほとりに、何するにかあらん、桜のやどり木といふ物を多くほしたるを見て。

うらやまし我もこひしき花の枝を　いかにちぎりてやどりそめけむ

ゆき〳〵て、夢ちがへの観音などいふあり。道のゆくてに、布引の桜とて、なみ立てる所もあなれど、今は染《そめ》かへて、青葉のかげにしあれば、旅ごろもたちとまりても見ず。かの吉水院より見おこせし、滝桜くもゐざくらも、此のちかきあたり也けり。

世尊寺、ふるめかしき寺にて、大きなるふるき鐘など有り。

宣長は竹林院を訪れた。まず見たのは「竹」。「めづらしき竹あり。一ッふしごとに、四方《よも》に枝さし出たり」で、現在の竹林院では見ることはない。さらに、今の竹林院には、竹やぶも無い。福井良盟院主にお尋ねした。「そういう竹はありません」とのことである。

竹林院の歴史である。

弘仁九年（八一八）に、空海が道場を構えて椿谷椿山《ちんざん》寺と号したことに始まるという。南北朝合一後の至徳三年（一三八五）、勅により竹林院に改めた。金峯山律寺四院の一つとなる。いったんは真言宗豊山派を名乗るが、明治十二年に天台宗として復興、その後は単立となり現在は大峯山護持院竹林院と称する。

池泉式庭園の群芳園は第二十一代院主の祐尊が築いた。これを秀吉の吉野山観桜のおりに千利休が桃山風に改め、さらに細川幽斎が手を加えたという歴史をもつ。

南側の山を開いて僅かな平坦部を開き、北向きの庭園が築かれている。南側の山裾に沿って東西三〇メートル、南北八メートルの池を掘り、細流が山から落とされる。池には細流を起点に放射状に大小の岩が置かれている。群芳園は當麻寺中之坊、慈光院と並んで大和三名園と名をあげている。

宣長はこの庭の背景となる小山に上がり「花とのみおもひ入ぬるよしの山　よものながめもたぐひやはある」と、その感動を歌にして残した。この庭園のありようは、宣長が訪れた同時期の『大和名所図会』にも描かれており、苑池と小山の位置関係は今と同じである。今も、この地は四方の眺望がよく開けており、宣長が観た景色を同じように楽しむことができる。

急な坂を登りつめると世尊寺に到る。紹介は簡略である。『大和名所図会』は「回禄の後、形ばかりのなる堂なり」と記す。宣長が訪れた時代は、火災の被害を受けた後の堂舎で、創建時の威容は見られなかった。「大きなふるき鐘」だけを特筆している。この鐘は保延六年（一一四〇）の銘を持ち吉野三郎と称される。これは今も同じ形で残る。

子守の神

なほのぼりて、蔵王堂より十八町といふに、子守《こもり》の神まします。此の御《み》やしろは、よろづの所よりも、心いれてしづかに拝《をが》み奉る。

さるはむかし我父なりける人、子《こ》持たらぬ事を、深くなげき給ひて、はる〴〵とこの神にしも、祷《ねぎ》ごとし給ひける。しるし有りて、程もなく母なりし人、たゞならずなり給いしかば、かつがつ願《ねが》ひかなひぬと、いみじう悦《よろこ》びて、同じくは男子《おのこ》えさせ給へとなん、いよ〳〵深くねんじ奉り給ひける。われはさてうまれつる身ぞかし。

十三になりなば、かならずみづから率《い》てまうでて、かへりまうしはせさせんと、のたまひわたりつる物を、今すこしえ堪《た》え給はで、わが十一といふになん、父は失せ給ひぬると、母なんものの次いで事にはのたまひいでゝ、涙おとし給ひし。かくて其のとしにも成りしかば、父の願《ぐあん》はたさせんとて、かひ〴〵しう出《いで》たゝせて、まうでさせ給ひしを、今はその人さへ亡くなり給ひにしかば、さながら夢のやうに。

思ひ出るそのかみ垣にたむけして　麻《ぬさ》よりしげくちるなみだかな

袖もしぼりあへずなん。

かの度《たび》は、むげに稚《わか》くて、まだ何《なに》事も覚えぬほどなりしを、やう〳〵ひとゝなりて、物の心もわきまへしるにつけては、むかしの物語をきゝて、神の御《おん》めぐみのおろかならざりし事をし思へば、心にかけて、朝《あした》ごとには、こなたにむきて拝みつゝ、又ふりはへて詣でまほしく、思ひわたりしことなれど、何くれとまぎれつゝ、過ぎこしに、三十年《みそとせ》を経《へ》て、今年《ことし》又四十三にて、かくまうでつるも、契りあさからず。

年ごろの本意《ほい》かなひつるこゝろして、いとうれしきにも、おろそふ涙は一ッなり。そも花のたよりは、すこし心あさきやうなれど、異事《こと》のついでならんよりは、さりとも神も、おぼしゆるして、うけ引給ふらんと、猶たのもしくこそ。

吉野水分《みくまり》神社の門前に立つ。

水分神社は「御祭神正殿　天之水分大神」とし、「平安時代の延喜式には大和四所の水分の第一として記される」とし、「水分とは『水配』の意味で水を程よく田畑に配分する神様」とその由緒を明らかにする。さらに「当神社が子守の名になった事については『水配』が『みくまり』、『みこもり』『こもり』と転訛して子供を護る神、子供を授ける神になった」と解説する。

宣長は十三歳の時、子守神社に参詣している。

この参詣は、『家のむかし物語』（本居宣長全集　巻二十）で、宣長自身が詳細に書き記している。それをお借りしたい。

「宣長、父は道樹君（定利）、母は恵勝大姉（かつ・於勝）……みづからの子をも得まほしくおぼして、大和国吉野の水分《みくまり》神は、世俗に、子守明神と申《もう》して、子をあたへて守り給ふ神也と申すによりて、此神に祈り給ひて、もし男子を得しめ給はば、其児十三になりしば、みづから率《ひき》いて詣て、かへり申し奉らんといふ願を立て給へりしが、ほどなく恵勝大姉はらみ給ひて、享保十五年庚戌（一七三〇）の五月七日の夜子の時に宣長を生給ひぬ、童名を富之助といふ」とし、「同（寛保）二年（一七四二）宣長十三歳、恵勝大姉、道樹君の、かの願たておき給ひしことをおぼして、七月に吉野の水分《みくまり》の神社にまうでしめ給ふ、此里に御嶽《みたけ》まうでする人々のあるに、たぐひてなりけり、われはまだいときなければ、うひ旅をうしろめたくおぼして、ふる手代なる茂八といふ者と、宗兵衛とて年久しくつか従者と、二人をそえて、出たゝせ給ふ、かの社にまうでて、かへり申しして、たぐへる人々とともに、御たけにもまうでて、事なくかへりぬれば、恵勝大姉涙おとしてぞよろこひ給ひける」とそのいきさつも述べている。

この度は宣長の自らの出生のお礼の旅でもあった。宣長の三十年来の思いは果たされた。

水分山と吉野水分神社

かゝる深きよしあれば、この神の御事は、ことによそならず覚え奉りて、としごろ書《ふみ》を見るにも、萬《よろづ》に心をつけて、尋ね奉りしに、吉野の水分神社《みくまりのかんのやしろ》と申せしぞ、此の御事《おんこと》ならんと、はやく思ひよりたりしを、『續日本紀』に、水分峯神《みくまりのみねのかみ》ともあるは、まことにさいふべき所にやと、地《ところ》のさまも見さだめまほしく、としごろ心もとなく思ひしを、今来て見れば、げにこのわたりの山の峯《み子》にて、いづこよりも、高く見ゆる所なれば、うたがひもなく、さなりけりと、思ひなりぬ。

ふるき歌《萬葉七》に、水分山と讀《よめ》るも、此所《このところ》なるを、その文字《もじ》を、みづわけとひがよみして、こと所《どころ》の山にしも、さる名をおふせたるは、例のいかにぞや。

又みくまりをよこなまりて、中世には御子守《みこもり》の神《六帖枕冊子》と申し、今はたゞに子守《こもり》と申して、産みの子《子孫》の栄《さか》えを祈る神と成り給へり。さて我父も、こゝには祈り給ひし也けり。

この御門《みかど》のまへに、桜多《おほ》かる、いま盛《さかり》なり。

「神さぶる岩根こごしきみ吉野の　水分山を見るは悲しも」と水分山の神格を詠嘆する歌が『万葉集』に収められている。「吉野にして作る」とあり、その後に「夢のわだ」、「吉野川」が詠みこまれる歌が続いている。

この水分山《みくまりやま》と水分神《みくまり》を考えてみよう。

平安時代の『延喜式八』(神祇　祝詞)は吉野、宇陀、都祁、葛城に水分《みくまり》の神を祀ると記している。さらに『延喜式九』(神祇　神名)は、その神社名と社格を明らかにしている。ちなみに延喜式とは、平安時代に定められた国の運営に関わる細則で、当時の国の姿を知る上での貴重な資料である。

『延喜式』は吉野郡に吉野水分神社、宇陀郡に宇太水分神社、都祁郡に都祁水分神社、葛上郡に葛木水分神社を配置している。水分神社は分水嶺をつかさどり、灌漑をコントロールする神で、大和の四社の水分神社は、一国の水の流れを絶妙に仕分けしていた。

そこで、吉野山の事である。水分神は分水嶺となるべき雄大な山を背景に成り立つものである。宣長はそれを承知して、「水分峯神とあるが、そういう場所か、その地を確かめたい。それが日ごろからの関心事であった」と、水分神社を訪れている。「今来て見れば、誠にその通りで、この辺りの山の峯で疑いがない」とする。宣長が見ている山が、現在でいう高城山か青根ヶ峯かは不明である。

飛鳥時代に遡って、吉野宮を考えてみる。「み吉野の　水分山を見る」と万葉集が歌った山はいずれか。そして、どの地からその山を見ているのかが問題となる。

水分山は青根ヶ峯であると断じたい。標高八六〇メートルの青根ヶ峯は円錐形の山容を持ち、東へ音無川、西へ秋野川、南へ丹生川、北へ象川（喜佐川）に水を分け落している。吉野の水分神の鎮座地としていかにもふさわしい。そして、『万葉集』に収録された一連の歌、現代の考古学の知識によれば、水分山を望み得るのは宮滝だけである。神社もその山を望見する場所でなければならない。

宮坂敏和は、元の吉野水分神社の社地を「ヒロノ千軒跡」と推定する。この地は宮滝から青根ヶ峯を結ぶライン上に位置している。この水分神社の社地が現在地に遷座したというのが、宮坂の見立てである。遷座の理由も明快で、「修験道の隆盛のもと、吉野山の中心が象川（宮滝）から現在の吉野山の尾根筋に移った」ことによるものとする。

宣長も気にかけ続けた水分山、そして吉野水分神社の社地については、こだわって考えるべきである。

水分神社の項、最後は宣長の歌を紹介したい。

「みくまりの神の誓いのなかりせば　これのあが身は生れこめやも」は、『寛政十一年若山行日記』、および『鈴屋集巻四』に収録されている。宣長は水分神社の立地を分析しつつも、「われは、みくまりの神との誓いで生を受けた」と信じて、心をこめた、静かな祈りを捧げた。

尾張の国の人。お茶に添えて送る歌は「折り句」

木《こ》の下《もと》なる茶屋に立ちよりて、やすめるに、尾張の国の人とて、これも花見にきつるよし。から歌このむ人にて、名もからめきたる。なにとかや忘れにき。その妻《め》はやまと言《こと》の葉《は》をなん物するよし、それも具《ぐ》したる。やゝさだすぎにたれど、けしうはあらず見ゆ。さるはをとつ日、伊賀の名張にやすめる所にて見し人也けり。きのふ多武峯にもまうであひつるを、けふ又竹林ゐんなる所にも、ゆきあひて、かの男なん、小泉にかたらひつきて、詩《ふみ》つくりかはしなどしつゝ、おのれらが事《こと》をも、くはしうとひきゝなどせしとかや。さる事はしらざりしを、又しもこゝに来《き》あひたる。しか〴〵のよし、いひ出て物語などする程に、春の日入相のかねの音して、心あわたゝしければ、立わかるゝこの本にて。

今は又きみがことばの花も見ん　よし野のやまはわけくらしけり

ゆくさきは、明日のついでと、のこし置きて、けふはこれより、やどりにかへりぬ。

そのよさり、かの尾張《をはり》人の宿より、歌ふたつ書きて、見せにおこせたる。かのさだすぎ人のなるべし、けふの花のおもしろかりしよしありければ、かへし。

よしの山ひる見し花のおもかげも　にほひをそへてかすむ月影

かくよめるは、かの歌ぬしの名、霞月《かげつ》とありければぞかし。果物《くだもの》などそへておくりければ。

　みよし野の山よりふかきなさけをや　花のかへさの家づとにせん

これよりは、餌袋《ゑぶくろ》に、有りあひたるまゝに、いせの川上茶といふをやるとて、つゝみたる紙に。

　ちぎるあれや　山路分来て　すぎがての　木の下陰に　しばしあひしも

ちや《折句》すこしとは、聞きしりなんや。

このほか人々の歌どもも、これかれ書《か》きつけてやりつ。京にいそぐ事あれば、明日はとくたちて、上《のぼ》るべきよし、いひおこせたるに。

　旅衣袖こそぬるれよしの川　花よりはやき人のわかれに

参拝を終えて、旅行中の尾張の国の人との交歓が語られる。宿に帰ってからもその交友は続き、果物をいただき、お返しとして伊勢茶を送る。その包み紙に書き付けた歌は「ちぎるあれや　山路分来て　すぎがての　木の下陰に　しばしあひしも」で、これが折り句となっている。「茶すこしという折句を分かってくれたかな」と、宣長はいたづらっぽく書き足した。

吉野山の家々（ヨシノダテ）

九日。とくおき出て、はしろかく見いだせば、空はちりばかりもくもりなく、はれ渡りたるに、朝日のはなやかにさし出たるほど、木々の木の芽も、春深き山々のけしき、霞だに今朝はかゝらで物あざやかに見わたされたり。吉水院はたゞ這いわたるほどにて、ゆきかふ人のけはひ迄、まぢかく眼のまへに見ゆ。

大かた此の里は、かの水分《みくまり》のみねより、片下《かたさが》りにつゞきて、細き尾《お》の上《うえ》になん有《あん》めれば、左右に立《たち》なみたる、民の家居《いへ井》ども前《まへ》よりこそさりげなく、ただ世の常の屋《や》のさまに見いれらるる。うしろはみな谷より作《つく》りあげて、三階《さんがい》の屋になん有りければ、いづれの家も、見わたしのけしきよし。さるは客《まらうど》は宿し、又物売《う》りなどするは、上《かみ》の屋にて、道より直《たゞ》に入る所也。

次に家人《いへびと》のすまひは、中《なか》の屋にて、その下《した》なれば、戸口より階《はし》をくだりてなん入りめる。今一ツはしを下《くだ》りて、又下なる屋は、ゆかなどもなくて、たゞ土のうへに、物うちおきなど、みだりがはしくむつかしきに、湯あむる所、厠《かはや》などは、そこにしもあなれば、日ひとひ歩き困《こう》じたる旅人の足《あし》は、八重山越《やえやまこえ》ゆくこゝろして、此のはしどものぼりくだるなん、いとくるしかりける。されど所のさまの、いひしらずおもしろきには、さる事は物のかずならず。

花ちりなばと、まつらん人をもうちわすれて、【新古今西行「吉野山やがていでじと思ふ身を花散なばと人やまつらん」】やがてとゞまりても、住《す》みなばやとさへぞ思はるゝ。
今日は瀧ども見にものせんとて、例の道しるべ先にたて、かれいひ酒などもたせて、いでたつ。

ヨシノダテ（吉野建）を、宣長は詳しく書いた。

吉野山の道筋に立ち並ぶ家々は道から見ると普通の一階である。中には二階建ても見られる。しかし、その家は谷から見ると三階建てだったり、四階建てという事になる。

宣長は、道から入った部屋は物を売ったり、客を泊めたりする部屋、家人が居るのはその下の部屋、厠（トイレ）や風呂は更に下の土間の階にあると驚いている。一階が商店で、日常生活は下一階ということである。

岸田定雄が『吉野町史』で、「来客があると普通なら『まあお上がり』というところを『まあおくだり』と言った」と、書いている。さらに、「斜面ばかりで平地が乏しい山地の村、たとえば川上村や十津川筋にもこうした建て方の家があり、これをやはりヨシノダテと言っている」と紹介する。

宣長が驚いたヨシノダテは、軒並み今も吉野山に立ち並んでいる。

金峯神社。二の鳥居（修行門）

かの竹林院など言うわたりまでは、いかめしき僧坊どもなど立《たち》まじりて、ひたつゞきの町屋なるを、末はやう〱、まばらになりもてゆきて、子守の御社《みやしろ》よりおくは、人の家もなく、たゞ杉のおひしげりたる中をぞ分け行く。

さてやゝうちはれたる所にいでゝ、左にはるかの谷と名付けたるところ、またいと桜おほくて、さかり也。

高根より程もはるかの谷かけて　立《たち》つゞきたる花のしら雲

なほ行きて、大きなる朱《あけ》の鳥居あり、二の鳥居又修行門とも名づくとかや。金御峯《かねのみたけ》神社、いまは金精《こんじゃう》大明神と申して、此の山しろしめす神なりとぞ。

このおまへをすこし左へ下《くだ》りて、けぬけの塔《たふ》とて、ふるめかしき塔のあるは、むかし源義経がかたきに追《お》われて、この中にかくれたりしを、さがしいだされたる時、屋根をけはなちて、にげいにける跡など言いて、見せけれど、すべてさることは、ゆかしからねば、目とゞめても見ずなりぬ。

金峯神社は吉野の尾根を登りつめたところ、標高七六〇メートル程に鎮座する。六田から登れば、稜線の最高点が金峰神社である。金鉱護持の地主神として金山毘古神を祀るが、吉野を治める地主の神としても、古来より崇敬されてきた。

吉野山から山上ヶ岳に至る一連の山脈を総称して金峯山という。さらに熊野本宮に延びる修験の険しい道がある。この道を総じて「大峰修験道」という。熊野から六田の渡しまで七五ヶ所の拝所・行場が置かれていて、これを靡《なびき》と称する。熊野本宮を「第一靡」として六田の渡しが「第七十五靡」で終点となる。吉野山に関わる処をみると、第七十四靡きが「丈六山」（吉野神宮と重なる）、第七十三靡は「吉野山」（蔵王堂）、第七十二靡が「水分神社」、第七十一靡が「金峯神社」という事である。いよいよ山中に差し掛かる所に、「修行門」が立つ。

大峯山上への取り掛かりの場所に金峯神社は置かれている。修験道の中継ぎとして重要な場所だが、「平安中期をすぐる頃まではここが御嶽信仰の中心地として栄えて来た」との論もある。金峯神社は延喜式内社、後背には寛平年間（八八九～九八）に相応が建てた安禅寺が置かれる。理源大師聖宝が開いたという鳳閣寺（吉野郡黒滝村鳥住）にも達することができる地である。九世紀末、この地域には大峯修験の根幹にかかわる社寺が密集しており、この地が修練苦行の修験道を支えていたと、『吉野近畿日本シリーズ2』で、村上泰昭が解き明かした。

安禅寺、西行庵

なほ深く分け入りて、茶屋ある所にいたる。その前を、右へいさゝか下れば安禅寺《あんぜんじ》なり。蔵王堂《ざわうどう》、大阪の右大臣《秀頼公》のたて給へるとぞ。東の方に木《こ》しげき山は青根《あおね》が峯也とて、此のだうの前より、向ひにちかく見えたり。

二三町おくに、何《なに》とかやこと〴〵しき名つきたる堂あり。そのうしろへ、木の下道を二丁ばかりくだりたる谷陰に、苔清水《こけしみづ》とて岩間より水のしたゞり落る所あり。西行法師が歌とて、まねびいふをきくに、さらにかの法師が口につきにあらず。むげにいやしきえせ歌也。

なほ一町ばかり分け行きて、かの住《す》めりし跡《西行庵》と言うは、少し平なる所にて、一丈ばかりなる、かりそめのいほり今もあり。桜もこゝかしこに見ゆ。

花見つゝすみし昔のあととへば　こけの清水にうかぶおもかげ

このちかきころある法師も、みとせばかり、こゝにこもりゐけるとぞ。

京にて高野槙といふ木を、こゝの人は、ただにまきとぞいふ。これを思へば、いにしへ檜のほかに、まきといひしは、この木なるべし。これは、こゝに必ずいふべきことにもあらねど、此のわたりの山に、此の木のおほかるにつきて、人のたづねけるに、いらへつることばを聞きて、ふと思ひよれるゆ

―ゑ、筆のついでに、かきつけつるぞ。―

金峯神社から山に入る。喘ぐような坂ではない。一〇〇㍍《メートル》ばかり先の三叉路に「右鳳閣寺」、左は安禅寺との道標があり、西行庵はこちらへすすむ。

安禅寺の跡へ出る。『吉野山独案内』、『大和名所図会』『西国三十三所名所図会』など、江戸時代を通して、いずれの絵巻も安禅寺は鳥瞰図で描かれている。

この資料の大本は『吉野山独案内』（一六七一年）で、こちらには「飯高山安禅寺宝塔院とて伽藍あり。右の方に多宝塔あり。本堂には役行者、柘南《しゃくなん》の木にて一刀三礼に作らせたまふ御長一丈の蔵王有り。行者の御影みづからをきざませたひしを、ひだりの方に安置セリ。右の方に行者の母の像あり。うへなる山を青根峯《あおねがみね》といへり」とある。『日記』にいう「二三町おくに、何《なに》とかやことごとしき名つきたる堂」は、四方正面堂の事で、これも安禅寺に含まれていた。

文化十年（一八一三）の春に安禅寺宝塔院と四方正面堂において、「大峰山神変大菩薩尊像」のご開帳がおこなわれた。この時の「荒増《あらまし》」が、飯貝の林助三郎の『歳々日並記』に記されている。この開帳は、二月十一日から三月晦日までの予定だったが、四月七日まで日延べされたこと、三月十日頃から晦日にかけては参詣者が一日あたり一万人にも達したと記されている。「宝開帳ニおゐて日本一珍敷《めずらしき》大群衆」であったと記される。この項は『吉野仙境の歴史』から、引かさせていただいた。

この安禅寺が、いまは跡形もない。神仏分離により堂宇は失われ、仏像は四散した。丈《たけ》一丈という蔵王権現は金峯山寺蔵王堂の北東隅に移されている。像は四二八センチの巨像である。憤怒・怒髪の姿は本尊の蔵王権現と共通で、屈指の巨像である。製作時期は十四世紀、寄木造りで造られており、材質は言い伝えに残る栢植ではなく、すべてが檜だった。

こちらの花、あちらの花と頭上の桜を見上げながら、宣長は西行庵まで訪れた。

「苔の清水に西行の面影を見る」と、宣長は吉野山の項を歌で結んだ。

西行庵

青根が峯から西河へ。紙漉く里

本《もと》の道を、安ぜんじの前の茶屋迄かへりて、御嶽《みたけ》へまうずる道にかゝり。三丁あまりも来《き》つらんと思ふ所に、しるべのいしぶみたてる道を左へ分れゆく。みたけの道へは、これより女はのぼらずとぞ。かの見えし青根が峯は、すなはち此の山なりけり。

すこし行きて、東のかたの谷の底《そこ》はるかに、夏箕《なつみ》の里見ゆ。ゆき〳〵て又東北の谷に、見くださるゝ里をとへば、国栖《くず》とぞいふ。

此のわたり、うちはれたる山の背《せ》をつたひゆくほど、いと遠し。さてくだる坂路《さかぢ》のけはしさ、物に似《に》ず。されどのぼるやうに、くるしくはあらず。

此の坂をくだりはつれば、西河《にしがう》の里なり。安ぜんじより、一里といひしかど、いととほく覚えき。山の中につゝまれて、いづかたも見はるかす所もなき里なるを家ごとに紙をすきて、門《かど》におほくほせる。こはいまだ見《み》ぬわざなれば、ゆかしくて、足もやすめがてら立ち入りて見るに、一《ひと》ひらづゝすき上《あげ》ては、重《かさ》ね〳〵するさま、いとめづらかにて、たつこともわすれつ。

「標《しるべ》の碑《いしぶみ》を左に分かれゆく」とある。「従是女人結界　右大峰山上　左蜻蛉瀧」、裏面に「延享二乙丑（一七四五）」、左面に「慶応元年乙丑（一八六五）六月吉日再建」と刻まれる。再建前の女人結界碑を見たのだろう。女人結界は昭和四十五年に五番関（五キロほど先）まで上げられている。

左の道へすすめば、青根が峯に登る道である。青根が峯は海抜八五八メートル、東に音無川、南に丹生川（黒滝川）、西へ秋野川、北に象《さき》川が流れる水分《みくまり》の山であり、吉野山の主峰である。宣長一行は山頂を右手に見ながら、東へ下る稜線に入った。

稜線を一里（四キロ）ほどもだらだらと下ると小仏峠に到達する。小仏峠が大滝から宮滝への道で、この道は東熊野街道の残存の道である。ちなみに五社峠越の道は明治十六年（一八八三）の完成で、宣長が歩いたころには、まだ道の姿はなく、宣長一行も東熊野街道を西河に下った。

峠の直下には、「右上市　左よしの」と刻まれる道標《みちしるべ》の地蔵が置かれる。その付近には茶屋もあったとされ、「梅が井」の井戸の石組みも残されている。下る道には、在りし日の東熊野街道の面影をそこかしこで見ることが出来る。

一行は西河の里に下りた。そこで紙漉きの技を目の当たりにする。

高級和紙として広く知られる宇陀紙は吉野で漉上げられていた。宝暦十三年（一七六三）には国栖、中庄、小川、川上の各郷十七村で一八〇軒ほどの紙漉屋が営業しており、紙漉きは吉野の一大産業であった。中心産地より上流の川上郷では、西河村のみで行われていた。

紙は楮皮を原料として寒冷期に漉き出される。和紙造りの工程は四十八もあったという。はじめに楮を切りそろえる。蒸す、整える、その皮を剥ぐ。これを冷水で晒す、さらに整えて二時間も焚く。それを叩いて繊維を細くすると紙素《かみそ》ができあがる。紙素を水槽に入れ、はじめて紙漉きが行われる。漉き上げられた紙は水分を取り、板に張って庭に干した。男の仕事、女の仕事が複雑に絡み合い、分担されて紙は作られた。

紙漉きは見ていても面白い。木枠がついたスダレで紙素をすくいあげてゆく。熟練の技である。一行が「たつこともわすれ」て、見入ったのはこの作業である。

明治中頃まで、吉野の紙造りは盛況をきわめていた。最盛期には旧国栖村六〇〇戸の約半分が和紙づくりに携わったという。しかし、養蚕が奨励される時期がその後にあり、楮の栽培は桑の木に押されて植え付けが減少し、さらに大量生産される洋紙の普及が、和紙作りに決定的な打撃となり、和紙造りは吉野の中心産業の座から退いた。

ただし、この伝統は引き継がれている。今でも、紙漉きを行う家が窪垣内、南大野（旧国栖郷）の村に残り、表装に使われる高級和紙などが漉かれる。

宣長を驚かせた紙漉きの技《わざ》は、今もなお吉野で生きている。

大瀧と筏くだし

さて右の方へ三丁ばかり、里をはなれ行きて、谷川にわたせる板橋のもとよりわかれて、左へいさゝかのぼり、山の間《かひ》を、あなたへうち越ゆれば、すなはち大瀧村なり。此の間は五丁ばかりもあらんか。

此の大瀧の里のあなたのはづれは、すなはちよし野川の川のべにて、滝といふも、やがて川づらなる家のまへより、見やらるゝ早瀬《はやせ》にて、上《かみ》より直《たゞ》さまにおつる滝にはあらず。此の瀧は、遠くては、ことなることもなし、ちかくよりて見よと貝原の翁が教えおきつる事もあれば、岩《いは》の上をとかくつたひゆきて、せめてまぢかくのぞき見るに、そのわたりすべて、えもいはず大きなる岩《いは》ほどもの、こゝら立ち重なれるあひだを、さしも大きなる川水の、走りおつるさま、岩にふれて、砕けあがる白波のけしきなど、おもしろしともおそろしとも、言わんは中々おろかに成りぬべし。

むかしは筏《いかだ》も、此の瀬を直《たゞ》にくだしけるを、あまりに水のはげしくて、度《たび》ごとにくだし、わずらひし故に、いわほのやゝなだらかなる所を、切り通して、今はかしこをなんくだすなると、教うる方を見れば、あなたざまに一《ひと》みち分れて、おちゆく水、げにこなたの瀬より、すこしはのどやかに見えたり。

あはれ今下し来《こ》むいかだもがな、いかでこの早瀬くだすさま見むといひつゝ、かれいひ食い、酒などのみおるほどに、みなかみはるかに、この筏くだしくる物か、やう〲ちかづききて、此の瀧のきはになりぬれば、のりたる者共は、左右の岩の上にとびうつりて、先《さき》なる一人、綱《つな》をひかへてみな流れにそひて、走りゆくに、筏の早く下《くだ》るさまは、矢などのゆくよう也。

さて岩のとぢめの所にて、人共皆筏へ帰る。そこは殊に水の勢《いきおい》いはげしくて、ほどばしりあがる浪にゆられて、うきしづむ丸木の上へ、いたはりもなくとびうつるさま、いと〲危うき物から、めづらかにおもしろきこと、たぐひなし。みな人此の筏に見入りて、盃のながれはいづちならんとも、とはずなりぬ。

さて此の筏、瀧をはなれて、ひら瀬にくだりたるを、よく見れば、一丈二三尺ばかりの長さなる榑《くれ》を、三ツ四ツづゝくみならべて、つぎ〲に十六、つなぎつゞけたるは、いと〲長く引きはへたり。人は四人なん乗れりける。川瀬は此の滝の下《しも》にて、あなたへ折れて、むかひの山あひに流れいる。右も左も、物をつき立たるやうなる岩岸の下に、さるいかだをしも、くだしゆくけしき、たゞ絵にかけらんやうに見ゆ。かゝる所にては、中々に口ふたがりて、歌もいでこぬを、わざとうちかたふきつゝ、思ひめぐらさんも、さまあしければさてやみぬ。

大滝に至る。「遠くては、ことなることもなし。ちかくよりて見よ」との貝原翁の教えに従い、一行は伝い歩きをして、岩の上から激流をのぞき込んだ。

『和州巡覧記《ヤマトメクリノキ》』を見てみよう。「西河《にしがう》の瀧　是吉野川の上也。大瀧とも云。村の名も大瀧と云。清明が瀧より五町ばかり有。此瀧は、只急流にて大水岩間を漲《みなぎり》落る也。よのつねの瀧のごとく、高き所より流落にはあらず。岩間の漲ぎり沸《わく》事、甚見事也。近く寄て見るべし。遠く見ては、不レ堪レ賞」と絶賛した。この紀行文を手に、多くの文人墨客が大瀧まで足を延ばした。

大滝は二筋の水路で激しく水を流す。一筋は筏下しのために人力で開削《かいさく》されたものである。万治三年（一六六〇）から寛文三年（一六六三）の四年間の工事である。貝原翁は延宝八（一六六〇）年に訪れたとみられており、水路開削の出来立てほやほやを見て書いたのである。

『吉野林業全書』という本がある。明治時代の本で、吉野山の杉・檜林の造成・播種・育成・経営を網羅する書である。運搬手段、筏乗り下しなども詳述している。浚渫工事についても、「慶長年間〈一五九六―一六一四〉までは水路の浚渫をしていなかったが、慶長後、吉野川筋は工事を始めた。寛永年間〈一六二四―四四〉に下市を経て飯貝まで進み、寛文年間〈一六六一―〉には……西河音無川出合字別当渕まで進んだ。その頃、万治三年〈一六六〇〉より寛文三年〈一六六三〉までの四年間には、大滝の岩石を切り割って高原前を通り……延宝八年（一六八〇）には和田大島に達した」と、下流から上流への水路開削の足どりを記している。

機械力の無い時代の工事は困難を極めた。「当時の川浚え工事は容易でなく、奇岩怪石が水路の中流に横たわっていて、一つの巌を取り除くだけでも数十人の人夫を要し、或いはろくろを使ってこれを挽き取り、又は数百貫匁の薪炭に油をかけてこれを焼き、ゲンノウとノミで割って取り除いた」と、工事の模様も紹介している。

大規模な林業を発展させるためには、消費地との距離、その搬出の手立てが課題となる。吉野林業は吉野川があって成り立った。筏下ろしで和歌山まで送られた材木は、沿岸航路で大阪市場まで運ばれた。運送効率の良さから、長期にわたり、吉野は産地として成り立った。

さて、筏下しは冬の仕事であった。夏場は水量が安定しないこと、さらに水田の利水のために堰があちこちで築かれ流下が困難だったことによる。宣長が訪れた時期は、今の暦なら四月で、筏下ろしも紙漉きの作業もシーズンの最終盤だった。宣長は良い時期に大滝を訪れた。

ちなみに、筏下しは昭和二十年代に廃絶した。

吉野の宮と御船の山

いにしへ吉野の宮と申して、みかどのしば〳〵おはしましところ、柿本人まろ主の、御供にさふらひて、滝のみやこ（萬葉一）とよみけるも、この大瀧によれる所なりけんかし。
そのをり〳〵の歌どもにあはせて思ふに、蜻蛉《あきづ》の小野などいひしも、又滝のうへの御舟《みふね》の山も、かならず此のわたりなりけんこと、うたがひもなければ、今もさいふべきさましたる山やあると、心をつけて見まはすに、この川づらより左の、すこしかへり見る方に、さもいひつべき山あり。船にしていはんには、前後ろへたひらに長くて、中央《なから》ばかりに一《ひと》きは高く、屋形《やかた》といひつべき所ある山なり。これやさならん、とは思ひよれど、いかにあらん、おぼつかなし。そは滝の所よりは、すこし下《しも》ざまにしあなれば、たきのうへといへるには、いさゝかたがへるやうにもあれど、なべて此のわたりならん山は、などかさいはざらん。古《いにしへ》忍ばん人、また〳〵もこゝにきまさば、必ずこゝろみ給へ。やがて此の里の上なる山ぞかし。

「吉野の宮」は、この大滝の地と宣長は考えていた。柿本人麻呂の歌を念頭に置いて「蜻蛉《あきづ》の小野《おの》」や、「瀧の上の御船の山も、必ずこのあたり」と周囲を見渡す。そのように言ってよい山はあるが、もう一つ確信はない。山は滝から離れており、川に沿っているとも言い難い。「古《いにしえ》忍ばん人、またもこゝに来まさば、必ずこゝろみ給へ」と、判断をのちの人に託した。

しかし、吉野は吉野、大滝は大滝でその後も相入れることはなかった。現代の考古学は、それをさらに鮮明にした。

いまいちど、宣長の時代に立ち帰って考えてみよう。

「吉野宮は宮滝」との論は、当時も唱えられていた。宣長の論敵、上田秋成は『菅笠日記』を批判する。「桜木の社を過て、河へにいつ。あきつの宮の滝の流、うへも何響ける所なり。屏風を立たる巌の肩よりさし臨めは、底ひもしられぬ青淵の色、骨もひゆるはかりおほゆ。むかひの里よ、宮滝と云う。此わたり、いにしえ帝のよつの時々いてまして、みあそひ有りしあきつの小野はここならむ」と吉野の宮は宮滝に有りとして、「伊勢人（宣長のこと）の記（『菅笠日記』のこと）、河かみなる西河大滝のあたりなるといはれたり。まさしに宮の滝と呼さへに、又、御園生の森なといふ名ののこれるも、うたがふへからず」（『いははし』上田秋成　天明八年（一七八八）と批判した。ここは秋成の論に耳を傾けたい。

清明が滝。西河の徳蔵寺

かくて又里の中を通《とほ》りて、西河《にしかう》のかたへ帰り、此度《こたみ》は、さきの板橋をわたりて、石の階《はし》を一丁ばかりものぼり、こしげき谷かげを分け入りて、いわゆる清明ケ滝を見る。これはかの大瀧とはよう変わりて、しげ山の岩のつらより、十丈ばかりが程、ひた下りに落る滝也。

この見る所は、片わらよりさし出たる、岸の上にて、近く、滝の半《なか》らにあたりたれば、上下《かみしも》を見あげ見おろす。上《かみ》はせばきが、やう〳〵に一丈あまりにも広ごりて、落ちゆく。末はこなたかなたより、み山木ども覆いかゝりて、お暗き谷の底なれば、穴などをのぞくようなる所へ、山も動《とよ》みて、落ちたぎる景色、けおそろしく、そぞろさむし。

片わらに小さき堂の立てる前《まへ》より、岩根をよぢ、蔦かづらにかゝりつゝ、すこしのぼりて、滝の上を見れば、水はなほ上より落ち来て、岩淵に入る。この淵二丈ばかりのわたりにて、程は狭けれど、深く見ゆ。瀧はやがてこの淵の水のあまりて、落る也けり。

こゝに里人の岩飛《いわとび》と言う事して、見するよし、かねて聞しかば、さきに西河《にしかう》にてさる技するものやあると、尋ねしかど、此のごろは、長雨《ながさめ》のなごりにて、水いと多ければ、あやふしとて、する者なかりき。さるはこのかたへなる岩の上より、淵の底へとび入りて、うかび出づることをして、銭《ぜに》をとるなるを、水おほくて、はげしき時には、浮《うか》みいづるきはに、もしおし流されて、銚子の口にかゝりぬれば、命《いのち》堪へずとなん言うなる。銚子の口とは、淵より滝へおちんとする際《きは》をいふ也けり。

そも〱此の滝を、清明が滝としもいふは、かげろふの小野によりたる名にて、虫の蜻螟《せいめい》ならん、と云《いひ》し人もあれど、さにはあらじかし。里人は、蝉の滝ともいふなれば、はじめは、なべてさいひけむを、後に清明とは、さかしらにぞいひなしつらん。いま滝のさまを見るに、上《かみ》はほそくて、やう〱に下《しも》ざまのひろきは、蝉のかたちに、いとようにたるに、鳴《な》る音《おと》はた。かれが声にかよひたなれば、さもなづけつべきわざぞかし。又その蝉のたきは、これにはあらず、異《こと》瀧なりともいへど、里人は、すなはち此の滝のことなりとぞいひける。そはとまれかくまれ、かの虫の蜻螟は、ひが事なるべし。かげろふの小野とは、かの蜻蛉《あきづ》野をあやまりたる名にて、もとよりさる所はなきうへに、そのあきづ野はた。此のわたりにはあらじ物をや。

さて此の滝のながれを、音無《おとなし》川といひて、萬《よろづ》よりもあやしきは、月毎のはじめ半月《なかから》は、上津瀬《かみつせ》に水といふものなく、後《のち》の半月《なから》は、又下津瀬に水なしとかや。さて上《かみ》より来《く》る水は、いづろへいかにして、ながれゆくぞといふに、石のはざま砂《すなご》の下《した》などへ、やう〱にしみ入りつゝ、なく也ては、はるかに下《しも》にいたりて、又やう〱にわき出つゝ、流れゆくなりといふは、さることも有りぬべけれど、ころをしもたがへて、上《かみ》つせと下《しも》つ瀬と、たがひにしかかはらんことは、猶いとあやしきわざ也かし。されど今は、たゞ世の常の川にて、さりげも見えぬは、此のごろ水のおほき故なりとぞいふ。すなはちかの板橋のかゝれるも、此の川にて、しもは西河《にしかふ》の里中をなん、流れ行《ゆ》くめる。

『吉野山独案内』は「清明の滝」を次のように記している。

「青折嶽《あをりだけ》より一里過ぎ、清明が滝あり。峨々たる岩の間よりみなぎり落つる滝八十ひろあり。このほとり蜻蛉小野《かげろうのおの》とて名所なり。しからば蜻螟《せいめい》が滝なるべし。蜻蛉《せいれい》も蜻螟《せいめい》も同じ虫なり。もしこれをあやまり清明と書きたつふるにや」とし、「この滝の水ながるる末を音無川といへり。二、三町のあひだ河原にて、下にてわき出でながるる川なり」（翻字は『日本名所風俗図会9』による）と記した。蜻蛉を「誤りて」清明の滝となったこと、音無川とは伏流水のことだと、記述は客観的である。

絵図には、滝の辺りにお堂と社も描かれて、当時の姿も明瞭に示されている。

このお堂と神社の歴史を『川上村史』が詳述している。かいつまんで紹介しよう。

寺は仙龍寺という。蜻蛉の滝の直下、音無川岸に置かれていた。音無川は青折嶽（青根が峯）の東谷に発し、東に流れ川上村で吉野川に合流する。仙龍寺の古記は、寺は「この川水が飛瀑する蜻蛉滝への古代人の信仰から発足した」として、「五葉の樹下に拝殿を設け、そのかたわらに仙龍寺を置いた」と、その創建を述べる。

「片わらに小さき堂の立てる前より、岩根をよぢ、蔦かづらにかゝりつゝ、すこし登りて」と宣長も書いていて、お堂の存在は明らかである。その後、安政年間（一八五五—六〇）に、度重なる山崩れなどの災害もあり、寺は廃寺とされた。

この廃寺となった仙龍寺の仏像が残されていた。しかも、川上村の文化財に指定されており、それが西河の徳蔵寺（曹洞宗）に祀られていた。さっそく徳蔵寺をお訪ねした。「仙龍寺の廃寺にあたって、ご仏像は大滝と西河で分けもって祀ることになった。仙龍寺のご本尊、聖観音菩薩は自寺でお預かりしている」と言われる。聖観音菩薩像は開山堂に祀られていた。像高約九十センチメートル、寄木造り、高い髪を結い、光背、台座を備える。室町時代の様式という。

蜻蛉の滝を取り巻く歴史、自然環境の変化は強烈だった。その歴史とは関わりなく、滝は今日も激しく水を落としている。この地の信仰の中心であった聖観音菩薩も処を替えながらも西河で健在である。

像は巻頭のグラビアで紹介している。

佛が峯をこえて宮滝に

かの里にかへりて、又今朝《けさ》くだりこし山路にかゝる。今朝《けさ》はさしもあらざりしを、登るはこよなく苦しくて、同じ道とも思はれず。さて登りはてて、右につきたる道へわかれて、又しものぼる山は、佛《ほとけ》が峯とかいひて、いみしうけはしき坂也。さてくだる道は、なだらかなれど、あしつかれたるけにや、猶いとくるしくて、茶屋の有る所に、しばしとてやすむ。

こゝにて鹿塩《かしほ》神社《神名式》の御事をたづねたれば、そは樫尾《かしを》西河大滝《にじかうおほたき》と、三村《みむら》の神にて、西河《にじかう》と樫尾《かしを》とのあはひなる山中《やまなか》に、今は大蔵《おおくら》明神と申して、おはするよしかたる。この道よりは、ほど遠しときけば、えまうでず。

なほ坂路をくだりゆくほど、右のかたを見おろせば、山のこしをめぐりて、吉野川ながれたり。国栖《くず》夏箕《なつみ》なども、川べにそひて、こゝよりはちかく見ゆ。

さて下《くだ》りはてたる所の里を、樋口《ひぐち》といひ、そのむかひの山本なる里は、宮滝にて、よしのゝ川は、此のふた里のあひだをなん流れたる。

西河に戻り、宮滝に向けて山を越えた。朝、下ってきた道を登り返す道である。

それは小仏峠から佛が峯にかけての登りで、健脚の宣長一行にもなかなかの山登りで、泣き言も出るのである。とは言っても、この道は東熊野街道といい、当時のメインルートであった。

この道を歩いてみた。土倉馬車道の入り口付近から西北方面に登る道である。一時間ほど登ると山中に往時の井戸がある。梅が井と言う。その先に三差路があり、道標《みちしるべ》の地蔵が置かれる。「左よしの　右　上市」とある。上市へ登り小仏峠に達して、北に抜けることができた。ただし、宣長一行が見た、国栖、夏箕の眺望は失われていた。

五社峠から下る道に合流すると、樫尾の茶屋跡である。宣長が休んだ茶屋跡だろうか。そのまま進むと吉野大橋のたもとで国道に下り着く。ここは菜摘の樋口である。これが宣長の歩いた西河から宮滝への道だった。

宣長は茶屋にて、鹿塩神社の所在地を尋ねる。この神は『延喜式』神名にあり、祈年祭の幣に鍬一口が加えられた。国栖の祖神をまつるために中荘・国栖・川上・小川の郷社であったが、のちに柏尾・西河・大瀧の三大字の産土神にとなり郷社の称は五社と訛称《かしょう》するに至った。神殿は神明造、「かや葺」で、古《いにしえ》は二十一年ごとに改築してきたが、明治三十四年（一九〇一）の改築を最後として、それ以降は改築されていない。

宮滝

西河《にしかう》よりこゝ迄は、一里あまりも有りぬべし。かの国栖なつみなどは、此のすこし川上なり。しもは上市へも程ちかしとぞ。此のわたりも、いにしへ御《おん》かり宮有りて、おはしましつゝ、逍遥《せえよう》給ひし所なるべし。宮瀧といふ里の名も、さるよしにやあらん。

こゝの川べの岩は、又いとあやしくめづらかなり。かの大滝のあたりなるは、なべて稜《かど》なく、なだらかなるを、こゝのはかどありて、みな鋭きが、ひたつゞきに続きて、大かた川原は岩のかぎり也。

此の岩どもにつきても、例の義経がふることとて、何くれともいはぬこと共を語りなせども、うるさくて聞きもとどめず。此のわたり川のさま、さる岩の間《あひだ》にせまりて、水はいと深《ふか》かれど、のどやかにながれて、早瀬にはあらず。さて岩より岩へわたせる橋、三丈ばかりもあらんか。宮滝の柴橋《しばばし》と言いて、柴《しば》して編たる。渡ればゆるぎて、習わぬこゝろには、あやふし。

宮滝にて、宣長は吉野宮の所在地をあらためて考えた。

宣長は、大滝では帝がしばしば来られた吉野の宮はこの地であるとする。柿本人麻呂が「滝の上の御舟《みふね》の山」と歌ったのはこの辺りではあるが、ふさわしい山（御舟山）が見当たらないとも述懐し、

「古を偲ばん人」が訪れて調べてほしいと記した。

その直後に舞台は変わって宮滝となる。「此のわたりも、いにしへ御《おん》行宮有りて、おはしましつゝ、逍遥給いし所なるべし。宮滝といふ里の名もさるよしにやあらん」と、行宮が宮滝におかれた可能性を認める。

『菅笠日記』を精緻に研究した石川義夫は『万葉集略解』に着目する。「滝の都は今吉野の夏箕川の下に宮の滝村と言う有り。古へ此の宮の在りし跡なるべし」と『略解』は宮滝論を取っている。これに宣長の助言があると言うのである。晩年の宣長は吉野宮、宮滝論を取っていて、この認識は現地の実地調査によって変化したものだと、石川義夫は指摘する。

「吉野宮は宮滝」、この説が今は主流である。五世紀の須恵器が出土し、発掘により斉明・天武天皇時代の吉野宮、持統天皇の吉野宮、聖武天皇の吉野宮跡が宮滝から発見され、その解明もすすんでいる。それぞれの遺跡は確定されてきており、吉野宮、宮滝論は疑いがない。

遺跡の中央ともいうべき、吉野歴史資料館の前に立っていただきたい。喜佐谷《きさだに》の先には青根ケ峯の頂が望める。これが水分山である。谷の左に三船山、右には象山《きさやま》が控えていて、この雄大な眺望が吉野宮には欠かせないものである。

宮滝の岩飛び

又こゝにも、かの岩飛びするもの有り。かたらひ来《き》てとばす。とぶ所は、やがて此のはしの下なる、こなたかなた岸はみな岩にて、屛風《べうぶ》などを立たらんやうにて、水際より、二丈四五尺ばかりの高さなるを、かなたの岩岸《いわきし》の上よりとぶを、こなたの岸より見るなりけり。

その男《おのこ》、まづ着物を皆ぬぎて、はだかに成りて、手をばたれて、ひしと腋につけて、目をふたぎ、うるはしく立《たち》たるまゝにて。水の中《なか》へつぶりと飛びいるさま、めづらしき物から、いとおそろしくて、まづ見る人の心ぞ、きえ入りぬべき。此比《このごろ》は水高ければ、深さも二丈五尺ばかり有りとなん。しばし有りて、やゝ下へ浮かびいでて、岸の岩にとりかゝりて、あがりきて、くるしげなるけしきもなく。なお飛びてんやといへど、おそろしさに、又は飛ばせでやみぬ。さるは始のごとして。後ろざまに向きても、かしらを下に、逆さまにも、すべて三度迄とぶ也とぞ。大かた此のわざは、こゝらの年をへて、習いうることにて、覚ろけならねば。一《ひと》さとのうちにも、わづかに一二人《ひとりふたり》ならでは、し得るもの者なしとぞ、この男《をのこ》は言いける。

是れよりかへる。さの道のほどは、一里にたらずとはいふなれど、日も山のはちかく成りぬれば、今はとて、やどりにおもむく。

宮滝の岩飛、『大和名所図会』の絵図は見応えがある。

なみなみ流れる吉野川と荒々しい岸壁を背景に、何人もの人の岩飛を描いている。ところがよく見てみると、これはコマ送りで、一人の男を連続動作の画にしていた。構えて、飛んで、回転、着水、泳ぎ去り、見事なものである。岩や芝橋、旅装の旅人も描き込まれており、当時の宮滝が一目瞭然である。

解説文は「和州巡覧記曰く」として、貝原益軒に頼っている。「宮滝は滝にあらず。両方に大岩あり。その間を吉野川ながるるなり。両岩は大いなる岩也。岩の高さ五間ばかり、屏風を立てたる如し。両岸の間、川の広さ三間ばかり、せばき所に橋あり。大河ここに出でて、せばきゆえ河水甚だ深し。その景絶妙なり。里人岩飛《いわとび》とて、岸の上より水底へ飛び込りて、川下におよぎ出でて人に見せ銭をとるなり。飛ぶときは、両手に身をそ

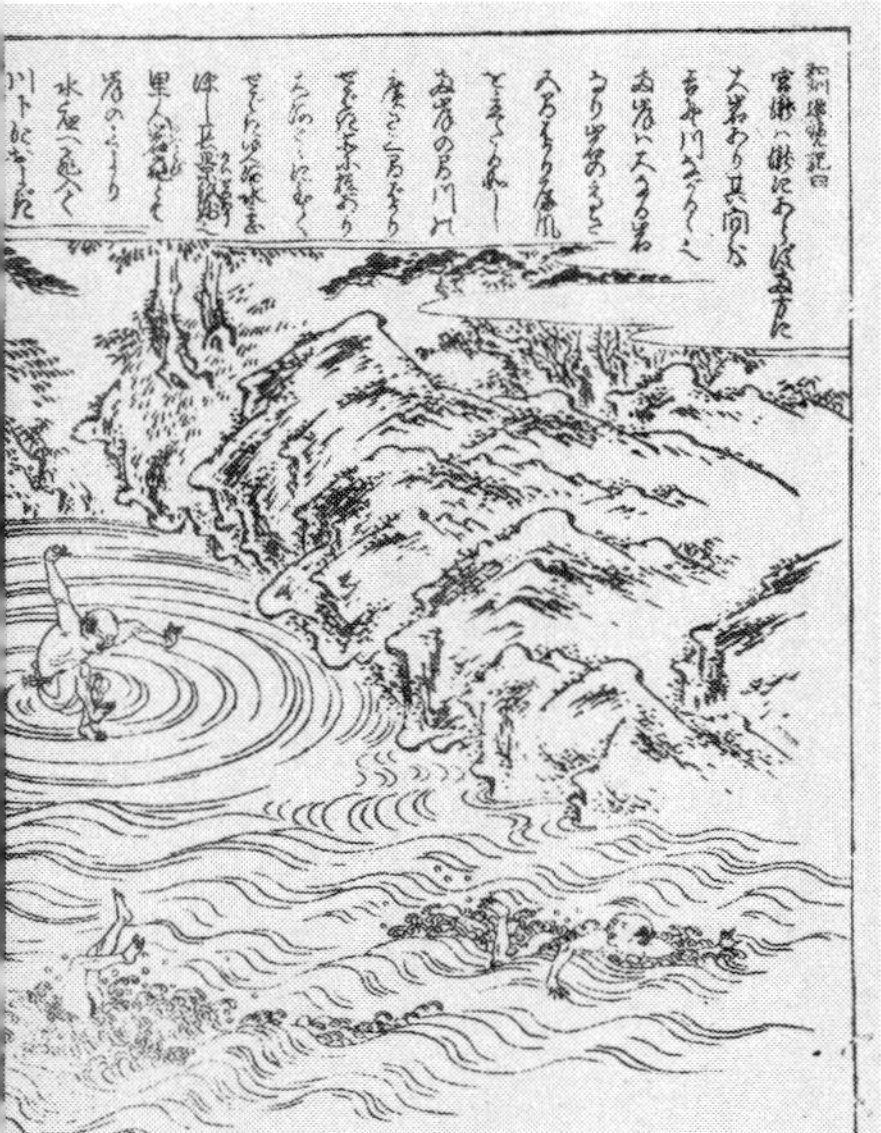

（小見桂子氏所蔵）

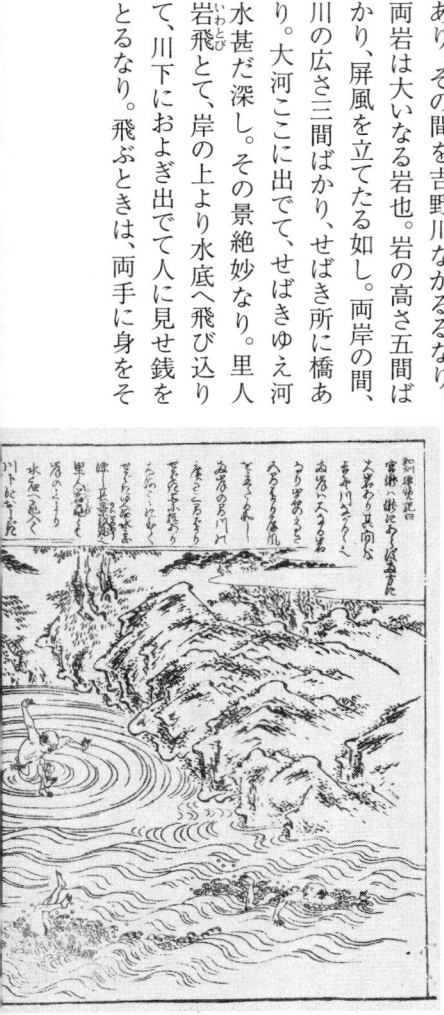

え、両足を合わせて飛び入り、水中に一丈ばかり入りて、両手をはれば浮かみ出づるといふ。」（翻字は『日本名所風俗図会９』による）

付け加える言葉もない。

谷崎潤一郎の『吉野葛』にも、岩飛びは描かれる。「岩飛びをする里人は、平生《へいぜい》この辺で釣りをしたり、耕したりしていて、たまたま旅人の通る者があれば、早速勧誘して得意の放《はな》れ業《わざ》を演じて見せる。向こう岸のやや低い岩から飛び込むのが百文、こちら岸の高い方の岩からなら二百文、それで向こうの岩を百文岩、こちらの岩を二百文岩と呼び、今にその名が残っているくらいで、大谷家の主人は若い時分に見たことがあるけれども、近頃はそんなものを見物する旅客も稀になり、いつか知らずほろびてしまったのだそうである」。これは小説だが、実景だろう。

岩飛びは、明治時代に廃れた。

『大和名所図会』巻之六十市郡・高市郡

喜佐谷を登る

川邊をはなれて、左の谷陰に入り、四五丁もゆきて、道のほとりに、桜木の宮と申すあり。御前《おんまえ》なる谷川の橋をわたりて詣《もう》づ。

さて川邊をのぼり、喜佐谷《きさたに》村といふを過ぎて、山路にかゝる。

すこしのぼりて、高滝《たかたき》といふ瀧あり。よろしき程の滝なるを、一つゞきにはあらで、つぎ〳〵に段《きざ》まれ落るさま、又いとおもしろし。象《きさ》(万葉)の小川《をがわ》といふは、此の瀧のながれにて、今過来《すぎこ》し道より、かの桜木の宮のまへをへて、大川におつる川也。

象《きさ》山(万葉)といふも、此のわたりのことなるべし。

さて、ここから喜佐谷を登り、吉水院近くの宿まで帰ると言う。太陽は山の端にかかる時間である。朝早く旅籠を出て、西行庵を経て、青根が峯を越えて西河に至った。大滝を見て、きつい登りの小仏峠を越えて宮滝に下りた。十五キロメートルほどの道だったが、二つの山を越えてきている。ここで三つ目の山路を登り返すという。最後の登りだが、距離は四キロメートルほどだった。脚力、恐るべしである。

喜佐谷川に沿って登る。川は吉野の水分山、青根が峯に端を発し、北に流れて吉野川に流れ落ちる。『万葉集』に「昔見し象《きさ》の小河」と歌われた、その川である。

この谷を象《きさ》と読む。これは各論ありで、「象の鼻のように狭長なところ」とか「象牙のような岩石の露頭がある」などがいわれる。ギザギザに流れる川が象牙の紋様のようだとの論もある。万葉の時代には、日本に象はいなかったが、正倉院には象牙がある。「天智記」十年条には「象牙」ともあり、古代人も象牙を見る機会があったのだろう。

緩やかに登っていく。二筋に道が分かれている。左にすすめば吉野水分神社、右にとれば如意輪寺となる。ここが吉野山の山口で「従是　吉野山領」と刻した石塔が立てられている。吉野山の領界を示す標である。

右へとった道をしばらく登ると高滝が右手に現れる。滝はだんだんと刻まれ流れ落ちる。最後は糸を投げ拡げたように白く広がり、宣長は「いとおもしろし」と喜んだ。

この道は近畿自然遊歩道として整備されている。安心の山道で、登りつめると稚児松地蔵の祠が置かれる。かわいい二体の石仏がみえ、表に「すく　よしの」、裏面に「左櫻木いせ」「右子守」と刻む道標も立つ。一行は稚児松地蔵を左に見て進み、如意輪寺を見下ろしながら、勝手神社、吉水院の方向に向かった。

桜を植える、吉野山の桜守

桜いとおほかる。今はなべて青葉なるなかに、おのづから散りのこれるも、所々に見ゆ。大かた此のよし野のうろにも、ことに桜のおほきは、かのにくき名つきたる所、さては此のわたりと見えたり。

滝を右の方に見つつ、なほ坂をのぼり行きて、あなたへ下《くだ》る道は、なだらか也。其ほどにも、桜はあまた見ゆ。されどいにしへにくらべば、いづこも〳〵、今はこよなう、少なくなりたらんとぞ思はるゝ。

さるは此の山の習いとて、此の木をきることを、いみしく戒むるは、神の惜しみ給う故なりとこそ言うなるに、今は杉をのみ、いづこにも多く植え生《お》したるが、立ち伸びて、茂りゆくほどに、桜はその陰におしけたれて、多くは枯《か》れもし、又さらぬも、かじけゆきて、枝朽ち折れなどのみすめるを、神はいかゞおぼすらん。

まろが心には、かく杉植《う》うるこそ、伐《きる》よりも桜のためは心うき業《わざ》とおぼゆれ。

かくてくれはてゝぞ、宿にかへりつきぬる。まことや大滝の歌、かへるさの道にて、からうじてひねり出たる。

ながれての世には絶けるみよしのの　滝のみやこにのこる瀧津瀬
宮瀧のも。
いにしへの跡はふりにし宮たきに　里の名しのぶ袖ぞぬれける

喜佐谷を登っていくと高滝、その手前で「桜はたいそう多い。……吉野のうちでも、とくに桜の多きは一目千本とこの辺り」とする。ここでは桜の衰えにも触れている。「桜の木を切ることは厳しく戒めているのに、杉が伸びて茂り、桜は日影となり枯れたり衰える。これを神はどのように思われるか」と問う。

当時の樹相を考える必要がある。

延宝七年（一六七九）の『検地帳』が残されている。喜佐谷山は「柴、草山」とあり、農民は「田地のこやし　薪　家の葺き替え」を山に求めている。陽当たりが好く、桜も大いに栄え茂るという山の姿である。ここで、もう一つの古文書を紹介したい。検地帳から百年以上経てからの争論の記録である。時は、文化年間（一八〇四―一八）である。「喜佐谷村が勝手に伐木して川流しをする」ことを、吉野川沿いの村々が咎める内容である。柴、草の山が、この頃までには杉、檜の山に変わっている、それが判明する資料である。宣長は、その頃にこの谷を歩いた。杉・桧の伸長により、桜の陽あたりが奪われていった時期だった。

江戸時代、吉野山(金峯山寺)は日光輪王寺宮の支配のもとに置かれた。この日光輪王寺宮が寛文九年(一六六九)に、「吉野山掟條々」を定めている。支配の定めである。まず「吉野山山中殺生禁断の事」、これは寺域であるから必要だろう。「山林竹木、みだりに伐採しないこと」とあり、さらに「神木の桜を伐採する輩《やから》は曲事《くせごと》(罪科)に処す」と、ことさらに桜の保護を強調している。禁止条項があるということは、うがって考えれば、「神木である桜を切る輩《やから》」も居たのである。

吉野山が桜の山となったのは、「水をつかさどる神」への信仰により桜が捧げられたのが始まりという。他では例がない大規模でかつ長期間、桜の都となるのは、蔵王権現の信仰と修験道の力によった。同時に、「吉野山掟條々」のような公の力も働いての吉野の桜だった。

石山本願寺顕如の祐筆、宇野主水は「若木の花を毎年植ふる(植える)事限りなし。人の立願にも植えさせる。また、花を代にて植うるもの」と記した。天正十一年(一五八三)の『日記』に記されており、太閤の花見にも先立って、すでに桜を植えさせる風習が出来ていた。その後も『吉野山独案内』では、鍬をもった子どもが「桜植えよう」と声掛けする図があり、『大和名所図会』は「本道にもわき道にも童ども桜の実生を持ち出でて、行き来の人に売る。是むかしよりの慣来にて、蔵王権現の御愛樹となん云い伝えける」と書かれる。

桜の苗を売り、それを「代わって植えます」という植樹で、これは観光産業でもあった。「桜を守る取り決め」があり、「資金を提供して桜を育てたい」という来訪者があり、「桜を植える人」がいる、こんなシステムが吉野山の桜の力である。桜を愛する人々の努力も相まって、桜は大規模にかつ長期に吉野山をおおってきたのである。

このシステムをもう少し見てみよう。

江戸時代前期の公卿、飛鳥井雅章は吉野山を訪れて三十本の桜を献木した。「日本が花、七曲りの坂など過ぎいくに、もろ人桜苗を求め爰に植えて権現に奉る。桜三十本を植えさせ、いつかまた訪ふといひつ、　み吉野の　わが植えおきし　花を来て見ん」と歌った。

桜を植えさせ、花が咲く頃、また来たいという。吉野山の桜はこういう雰囲気である。

それは現在も同じだ。「世界遺産、吉野山の景観の維持及び改善を目的」とする「吉野山保勝会」が活動している。この保勝会が吉野山の桜を守っている。

保勝会の植樹を拝見した。まとまった寄付があって、三十本の植樹をするという。それを七曲りに植えるとのことである。吉野桜を支援する団体・個人の志を植樹という形で実現させるのが、吉野山保勝会の桜守である。

リーダー格の伊藤将司（三十六歳）は、寒風の中、桜を植えつつ話してくれる。「桜の根が動く前の二〜三月に植え付ける。皆さんのご協力で保勝会は各地に苗床を持っています」と言う。「保勝会は五年、六年の若木を植えます。この樹齢だと芽が鹿に食べられない、青竹を添わせれば樹皮を鹿は食べれません」との事である。桜守になって九年、植えてきた一本一本に愛着があるという。ちょっと伸びた山桜を指して、「これは、僕が保勝会に来た年に植えたもの。五年物を植えたので、樹齢は十四年です」と話はきわめて具体的。「育った桜を見ると嬉しいし、やりがいがあります」と顔をほころばせる。

「植えさせた人」は「植えさせし花を又見に来る」のである。「植えた桜守」は「その成長を励みに、力を込めてさらに手入れをする」のである。こんな力と絆に守られて、吉野山の桜は今年も咲き、来年もまた華やかに山を彩る。

二月　桜を植える吉野山保勝会

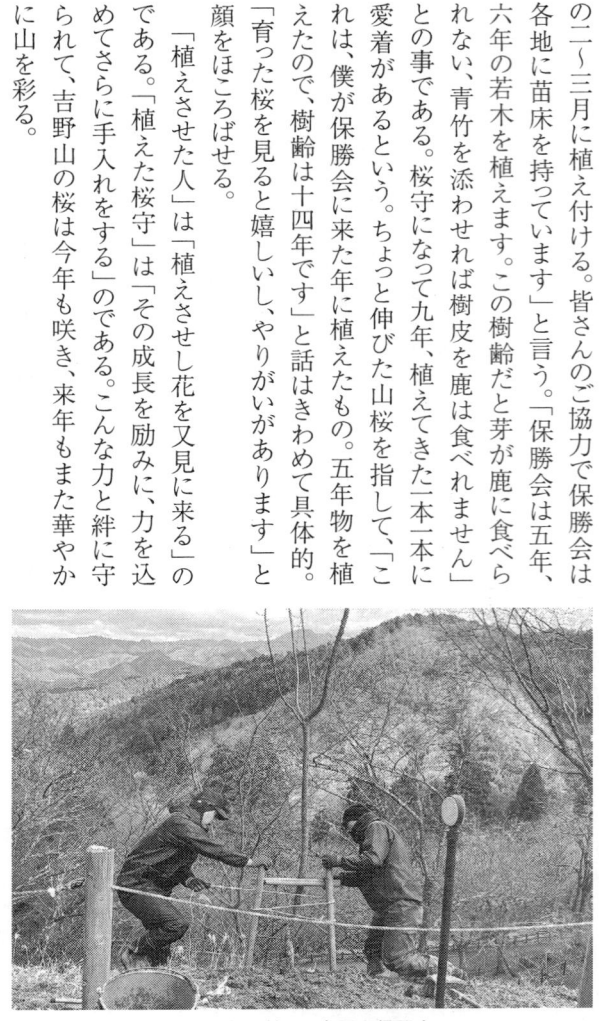

如意輪寺。蔵王権現立像

『菅笠日記』 下の巻《しものまき》

十日。けふは吉野をたつ。きのふのかへるさに、如意輪寺にまうづべかりけるを、日暮れて残しおきしかば、けさ殊更にまうづ。此の寺は、勝手の社の前より谷へくだりて、むかひの山なり。谷川の橋をわたりて入りもて行く道。桜多し。寺は山のはらに、いと物ふりてたてる堂のかたはらに宝蔵あり。蔵王権現の御像をする置たり。この御厨子のとびらのうらなる絵は、巨勢金岡《こせのかなおか》が描《か》けるといふを見るに、げにいと古く見どころある物也けり。それに後醍醐のみかどの、御みづからこの絵の心をつくりて、かゝせ給へる御詩《おんし》とておしたり。わきにこのみかどの御像《みかた》もおはします。これはた御てづからきざませ給へりとぞ。其外か、せ給へる物、又御手ならし給ひし御硯やなにやと、とうでて見せたり。又楠の正行が軍《いくさ》にいでたつとき、矢の先して塔のとびらに

かへらじとかねて思へば梓弓《とり》なきかずにいる名をぞとゞむる

といふ歌を彫りおきたるも、此のくらにのこれり。

みかどの御ためにまめやかなりける人なれば、かの義経などとはやうかはりて、あはれと見る。

如意輪寺では、まずは蔵王権現を拝観したい。

『金峰山寺古今雑記』には、「吉野本堂尊像之事」として蔵王堂、三体の蔵王権現の造像のあらましが書き留められている。「蔵王堂安置三躯之蔵王　作者南都仏生寺住了覚宗印ト云人同道而登山以如意輪寺之蔵王模」とある。

蔵王堂に現存する蔵王権現は、南都仏師の宗印が如意輪寺の蔵王権現を模したと書かれている。宗印の事は金峯山寺蔵王堂で書いたので、ここではあらためない。

如意輪寺の蔵王権現の作者は慶派の源慶である。像の左足のほぞの朱書銘には、「巧匠筑後検校」とあり、その肩書を持つのは源慶で、小仏師（補助者）能慶とともに作像したことは明らかである。嘉禄六年（一二二六）の作である。源慶は興福寺の北円堂の再興にあたり、中尊の弥勒如来坐像の作像の中心を担ったとされる慶派の実力者である。源慶の蔵王権現は動きの激しさと、厳しさの中にも優しさを感じとることができる秀逸の権現像である。

如意輪寺は延喜年間（九〇一〜一二三）に僧、日蔵により開基された。後醍醐天皇の勅願寺でもあり、奥山には後醍醐天皇塔尾陵が置かれる。正平二年（一三四七）に兵火にあい、久しく荒廃するが、慶安三年（一六五〇）に再建された。その時、浄土宗に転宗し現在に至っている。

後醍醐天皇と塔尾の御陵

又塔尾《とうのお》の御陵《みささぎ》と申して、此の堂のうしろの山へすこしのぼりて、木深《こぶか》き陰《かひ》に、かの帝のみさゝぎのあるに、まうでて見奉れば、こだかくつきたる岡《をか》の木どももおひしげり、つくりめぐらしたる石の御垣《みかき》も、かたへはうちゆがみ、かけそこなはれなど、さびしく物あはれなる所なり。そのかみ新待賢門院のまうでさせ給ひて、

新葉集　九重の玉のうてなも夢なれや　苔の下にし君を思へば、とよませ給へる御歌など、思ひ出で奉りて、

苔の露かゝるみ山のしたにても　玉のうてなはわすれしもせじ

と思ひやり奉るも、いとかしこし。

「九重の玉の殿《うてな》も夢なれや　苔の下にし君を思へば」（新葉和歌集一三七三）。「玉座におられた姿が夢のようです」の意である。後醍醐天皇を思う新待賢門院（後村上天皇の母、吉野にて薨去）の歌を受けて、宣長は「苔の下にあっても、後醍醐天皇は政り事を忘れないでしょう」と、天皇の御心を歌に託して察する。

塔尾の御陵を見て見よう。
元禄十年（一六九七）に奈良奉行所は山陵探索をおこなっている。奈良奉行所、与力の玉井與左衛門と坂川武右衛門は十一月七日に如意輪寺と塔尾陵の調査を行う。『元禄年間山陵記録』には、その報告書が載せられている。

「塔尾《タウノオ》山
○如意輪寺へ宿ヨリ八町　四ツ前ニ行
日蔵上人開基　蓮蔵院　山本坊　桂坊　随身院
アトフデ（後の補足）吉野千十三石弐斗之場所之京都知恩院末寺浄土宗如意輪寺
後醍醐天皇御陵　北向　御底心ハ高氏ヲ御ネラヒ玉フ心ゾ
遺勅　左ニ法華経　右ニ御剣」

さらに、陵をめぐる不思議を紹介している。その意を記す。
「住僧が語るには」と始まる。「御陵の中腹には行導道が巡っている。この道より上には諸人が登る事は禁足である。ところが頂上に枯れ木が有り見苦しい、取ろうと思っても禁足である。某曰く、徒に登るのではなく清めるために登るのは問題がない、何の祟りも無いと言い、如意輪寺で衣を脱ぎ、陵に戻ってきたところ、枯れ木は禁足の山より下に倒れかかっていた。上の山へは立ち入らずに、枯れ木を取り下ろすことができた。上の山に登らせる事は、陵はいやなのだと語り合った。奇妙な事だが、枯れ木は取り払うことができた」。

奉行所の調査後に石垣修理の見積もりが出て入札も行われ、翌元禄十一（一六九八）年四月二十五日に石垣の修理と共に三十四間の御垣が仕上げられた。

後醍醐天皇陵の整備は繰り返し行われたが、いかんせん山中である。その後木は生い茂り、石垣もゆがみ、欠けたりする。訪れた宣長は、さびしく物あはれだと嘆いた。

後醍醐天皇、塔尾の陵

第四章　飛鳥へ。そして飛鳥にて

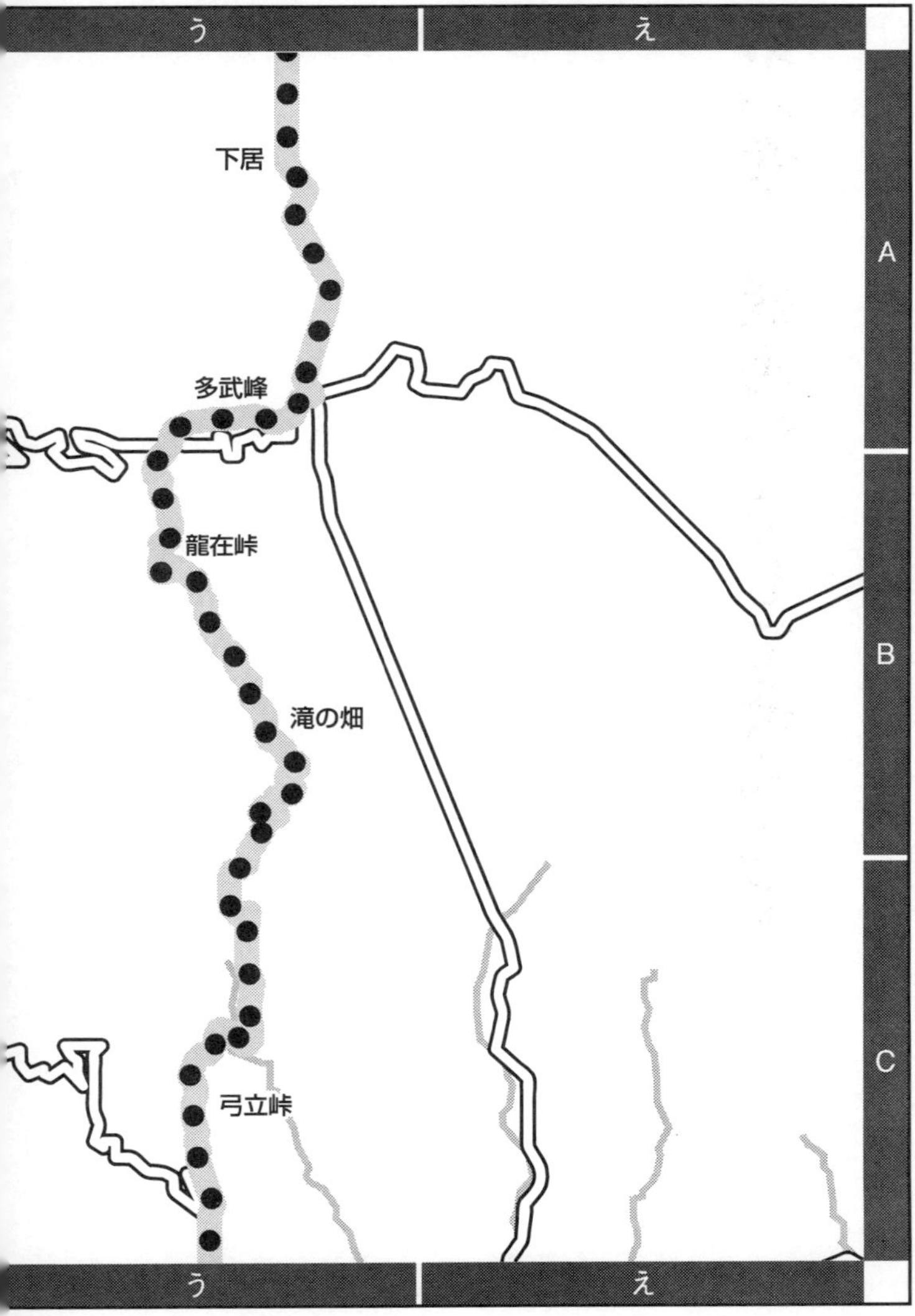
う
え
下居
A
多武峰
龍在峠
B
滝の畑
C
弓立峠
う
え

吉野山〜飛鳥

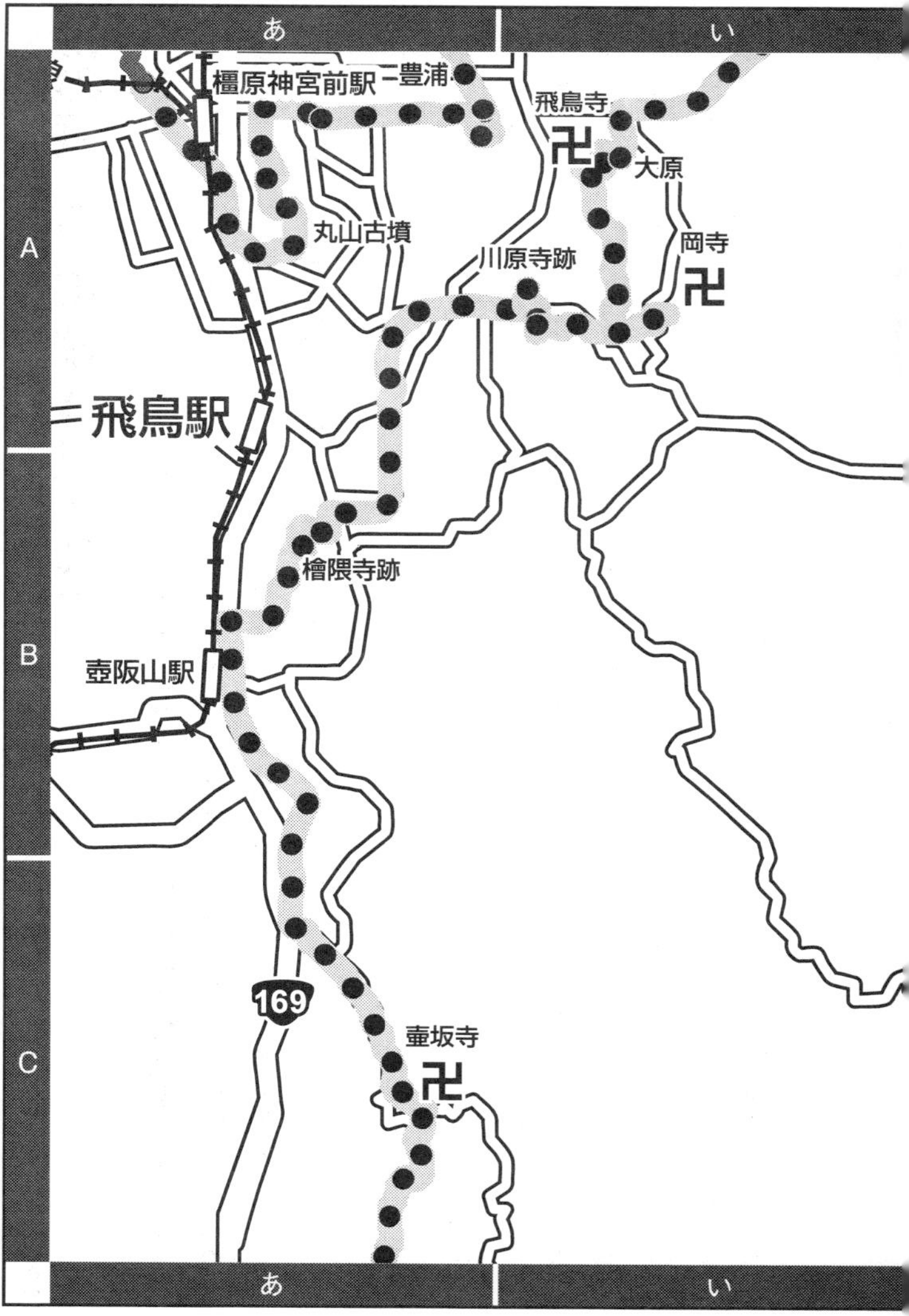

柳の渡し、川柳はいずれに

本のやどりにかへり、しばしやすみて、此度《このたび》は六田《むつだ》の方へくだらんとて出でたつ。里をはなれて、山の背をゆき〳〵て、坂をくだりはてたる所なん、六田の里也ける。今は里人は、むだとぞいふめる。よし野の川づらにて、古柳《いにしへ》をおほくよめりける所なれば、今もありやと見まはせど、

有としもみえぬむつだの川柳　春のかすみやへだてはつらん

貝原篤信（益軒）曰く。

「六田《むつた》名所なり。吉野のふもとにある町也。むつだ共云う。また柳の宿共云。吉野川の南に在り。川むかいなり。少川上に六田の淀とて名所あり。……六田を過ぎて、やがて吉野山の坂に上がるを、一の坂と云う。一の坂を上り行けば、山口に四手《して》掛の明神在。左四五町に水分山有。一の坂より吉の町まで、五十町の間、左右はみな並木の桜也。両傍の山にも、谷にも、桜多し。坂口より奥の院までは、子守明神の前の坂の下までは山高からず。長く出たる山の尾の上の背を通る。六田はその尾崎なり。故に吉野山に上るには、六田よりはいるが本道なり。吉野へ行く人は必先ず此道より入るべし。飯貝《いかひ》の方よりも吉野町に上がる。それは、わき道なり。」『和州巡覧記《ヤマトメクリノキ》』元禄九年（一六九六）

宣長は『和州巡覧記《ヤマトメクリノキ》』を手拓本として、身近に置いて吉野山探訪、大和探索の準備を重ねていた。大滝では自らの文に『メクリノキ』を引用するほど、頼りにしていた。吉野を貝原益軒が訪れたときから、宣長の旅は八十年を経ていた。しかし、徒歩を軸とする旅の形には、大きな変わりはなく、宣長は益軒と同じ景色を吉野と六田で見たことだろう。

六田の宿は、「柳の渡し」として、古くから開けたところだった。

大峯山中興の祖と言われる醍醐寺の聖宝理源大師（八三二〜九〇九）が、六田の宿、「柳の渡し」を開いたと伝える。昭和三年（一九二八）に吉野駅まで鉄道が延伸するまでは、ここが吉野山の花見や山上（大峯）詣の人々のメインルートであった。

長い間、渡し舟が使われた。大正八年（一九一九）に、美吉野橋が架けられまでは、地域の船仲間が渡し舟を運営していた。その船仲間で、柳一本《ひともと》を植えて参詣者の目を休めたという。六田の柳は、「かはずなくむつたのかはのかはやぎの　ねもころみれどあかぬかはかも」（巻九の一七二三）の万葉歌が大本である。したがって六田の柳の歴史は古い。「川柳はいずれに」と、宣長が柳を求めて、見回すには理由があった。

壺坂道畑屋越え、壺阪寺

舟さし渡りて、かなたの川べをやゝくだりゆきて、土田といふ所は、上市の方より、きの国へかよふ道と、北よりよし野へいる道とのちまたなる驛《うまや》也。六田より一里といへどちかゝりき。こゝにてそばきりといふ物をくふ。家もうつは物も、いとあやしくきたなげなれど、椎の葉よりはと思ひなぐさめてくひつ、【万葉に「家にあればけにもるいひを草枕旅にしあればしひの葉にもる」】これよりつぼ坂の観音にまうでんとす。平《たひら》なる道をやゝゆきて、右の方《かた》に分れて山そひの道にいり、畑屋などいふ里を過ぎて、のぼりゆく山路より吉野の里も山々も、よくかへり見らるゝ所あり。

　かへりみるよそめも今をかぎりにて　又もわかるゝみよしのゝ里

よしのゝ郡も此のたむけをかぎり也とぞ。くだる方《かた》に成りては、大和の国中《くになか》よく見わたさる。比叡の山、愛宕山なども見ゆる所也といへど、今は霞ふかくて、さる遠きところ迄は見えず。

さてくだりたる所、やがて壺坂寺なり。此の寺は高取山の南の谷陰にて、土田より来《こ》し道は五十町とかや。二王門有りて、普門観とかける額かゝれり。観音のおはする堂には南法華寺とぞある。三層《みこし》の塔も、堂のむかひにたてり。

奥の院といふは、やゝ深く入る所にて、佛の御像《みかた》どもあまたつくりなへたるあやしき岩ありとて、みな人はまうづるを、われはいさゝか心もちなやましくて、え物せず。まへなる茶屋に入りてためらひおるに、やゝ待つ程へて、人々はかへり来て、有りつるやう語るをきけば、誠にあやしき物也けり。

こゝより、右へ谷の道を十町ばかりくだり行きて、清水谷といふ里にいづ。此の里は、国中より芦原《あしはら》峠といふを越えて吉野へいる道也。一町ばかりはなれてあなたは、土佐といふ所、町屋つゞけり。高取山の麓にて、この町なかより、山のうへなる城ちかく見あげらる。大かた此の城は、たかき山の峯なれば、いづかたよりもよく見ゆる所也けり。

吉野川に沿う東西道路と、奈良盆地と天川、十津川を結ぶ南北道のちまたが土田である。宣長一行はこの土田でそば切を食べ、吉野川を離れて北へ向かった。

龍門山地により、吉野は国中《くんなか》とよばれる奈良盆地と遮られていた。この山を越えるためにさまざまな道が切り開かれ、古代、飛鳥から吉野へ駆け抜けた道がある。中世からは修験道の道があり、商人の道、庶民の暮らしの道も整えられていく。

この峠を西から東へ順にみてみる。風森峠、重阪峠は御所市。車坂峠、芦原峠、壺阪峠は大淀町。芋峠、龍在峠、細峠は吉野町である。一番低い峠は御所市の重阪峠で標高二〇二メートル、ここにJR和歌山線が通る。一番高いのが龍在峠、ここの標高は七五〇メートルでハイカー、登山者が通る道である。

宣長一行は、土田から芦原峠と壺阪峠の間の小道を越えた。芦原峠への道から右に折れて、畑屋から壺阪寺に直進する。峠の名称は無いが、役割からみれば壺阪寺道、畑屋越えである。『大淀町史』によれば、「越部、土田あたりの人が、昔三月十八日の壺阪会式に参った時通った道」と紹介しており、壺阪への効率的な参詣道だった。

宣長一行はこの道を選んだ。

「かへりみるよそめも今をかぎりにて　又もわかるゝみよしのゝ里」と吉野に別れを告げた。

畑屋の里には、「つぼさかへ」の道標が残る。村の入り口にはカンジョウツナが架けられる。大淀町では唯一のカンジョウカケで、年末の行事だが、桜の季節頃まではツナが残っている。

壺阪寺、西国観音巡礼第六番札所である。御詠歌は「岩をたて　水をたたえて　壺坂の　庭のいさごも　浄土なるらん」。ご本尊は十一面千手観世音菩薩で、眼病に霊験あらたかな観音様として信仰を集めている。礼堂、三重塔、鳳凰磚は重要文化財。堂内に展示される白鳳時代の瓦、磚仏三尊像が必見である。

さて、一枚岩に五百羅漢を彫り込んだ「奥の院」へは、宣長は体調を理由に「え物せず」として茶屋にて休息した。奥の院から戻った一行は、その興奮を宣長に伝えたようで、まことにあやしきなり、他では見ることができないものだと宣長も認めた。

稲掛茂穂（のちの本居大平）が、この旅行の見分を『ゑふくろ日記』と題して残している。十七歳の少年が手際よく道中記を執筆した。壺阪寺の奥の院は、ことさら詳しく書き残している。

「土田といふ里にしばしやすみて、つぼ坂寺にまうづ、ひがさ、はたやなといふ所をすぎて、山をこゆればばかの寺なり、おくのゐんといふは　や、おくなる所にて、そこには山の岩ほともを、ちひさく佛《ほとけ》のみかたにつくりなしたるあり、老《おい》たる法師《ほうし》のひとりゐて、こゝは千体、こゝは百体、など御名《みな》どもまでをしえつゝ、あなひしめぐる、よにめずらしき物なり、弘法大師のひと夜のほとにつくりはて給へるなりなどといふ」。

『大和名所図会』は「秋寒しおし合う石の仏達」（蝶酔）と、壺阪寺の画に絶妙の一句を添えた。

一行は壺阪寺から清水谷を経て上土佐の三叉路まで下る。ここが高取藩の札之辻だった。道標には「右津ほさか　よしの道」とあり、御城の方向は記されない。

一行は土佐には足をとどめず、檜隈に向かった。

檜隈寺跡、十三重の石の塔のいとふるきが立てる

檜隈は此のわたりとかねてきゝしかば、たづねてゆく。この土佐のまちをはなるゝ所より、右へ三町ばかり細道をゆきて、かの里なり。例の翁たづねいでて、いにしへの事ども問へど、さだかには知らず。都のあととは聞きつたふるよし、又御陵《みささぎ》どもは、この近き平田、野口などいふ里にあなる。いにしへはそのわたりかけて、ひのくまとなんいひしと語る。

さて里の神の社なりとて、森のあるつゞきなる所に、高さ二丈ばかりなる、十三重の石の塔の、いとふるきが立てる。めぐりを見れば、いと大きなる石ずゑありて、塔などの跡と見ゆ。ちかきころ、この石をおのが庭にすゑんとて、あるものの掘らせつれど、あまりに大きにて、掘りかねてやみぬる。程もなく病みふして死にけるは、このたゝりにて有りけりとなんいふなる。

そのまへにかりそめなる庵《いほり》のある。あるじのほうしに、この塔の事たづねしかば、宣化天皇の都のあとに【檜隈廬入野宮宣化天皇の都】、寺たてられて、いみしき伽藍の有りつるが、やけたりし跡なり。このあたりにその瓦ども、今もかけのこりて多くあり、と教《をし》ふるにつきて見れば、げに此の庵《いほり》のまへにも、道のほとりにも、すべてふる瓦のかけたる、数《かず》もしらず土にまじりてあるを、一ッ二ッひろひとりて見れば、いづれも布目などつきて、古代のものと見えたり。

此の庵《いほり》は、やがてかのがらんのなごりといへば、そも今は何寺と申すぞと問へば、だうくわうじといふよしこたふ。文字はいかにかき侍ると又とへば、此のほうし、かしらうちふりて、なにがし物かゝねば、その文字まではしり侍らずといふにぞ。なほ問《と》はまほしき事も、ゆかしささめつるこゝろして問はずなりぬ。わがすむ寺の名の字だにしらぬほうしも、よには有る物也けり。むげに物かゝずとも、こればかりは、しか〳〵と人に聞きおきても知りをれかし。さばかりのあはつけさには、いかで古の事をしも、ほのぼの聞きおきてかたりけむとはをかし。後に異《こと》里人にきけば、道《みち》の光《ひかり》とかくよし也。されどそれもいかゞあらん、知らずかし。

大かた此の日記《にき》よ、たゞ物の心もしらぬ里人《さとびと》などのいふを、きけるまゝに知るせる事し多ければ、かたりひがめたる事もありぬべし。又聞きたがへたるふしなども有るべければ、ひがことどももまじりたらんを、後によくかむかへたゞさむことも、物うくうるさくて、さておきつるを、後みん人、みだり也とな怪《あや》しみそ。これはかならずこゝにいふべき事にもあらねど、思ひ出でつるまゝになん。

檜隈川といふべき川は見えざれば

聞わたるひの隈川はたえぬとも　しばし尋ねよ跡をだに見ん【古今集に「さゝのくまひのくま川に駒とめてしばし水かへ影をだに見ん」】、人々もろ共に、こゝかしことたづねありきけるに、たゞいさゝかなる流れは、一ッ二ッ見ゆれど、これなんそれと、たしかには里人もしらずなん有りける。

檜隈寺跡を訪れる。

「十三重の石の塔のいとふるきが立てる。めぐりを見れば、いと大きなる石ずゑありて、塔などの跡と見ゆ」とし、「その前にかりそめなる庵」があり、寺跡のことなどを法師に聞きただした。

檜隈寺は東漢《やまとのあや》一族の氏寺として造営された。金堂があり、塔・講堂を備えた大寺であったが、宣長が訪れたときには、すべてが失われていた。講堂の跡地には、中世に小仏堂が建てられ、「道興寺」と称したが、江戸時代の中頃にはそれも失われたという。

檜隈寺跡は昭和五四年(一九七九)年から調査が行われた。

始めに塔跡が発掘された。十三重石塔を解体修理する必要があった。基壇も発掘調査される。塔の土台には瓦積があり、中央部に奉納物があり、白青磁の壺の中にガラス製容器が納められていた。平安時代の石塔造立の時に埋められたと推定されたガラス製容器は、創建時の心礎の舎利容器とも考えられた。

金堂跡も発見される。塔の南の基壇は中門跡と見られていたが、発掘により金堂跡と推定された。礎石は円柱座が彫りだされており、格式の高い建物と想定された。ちなみに塔の北側の講堂跡の礎石は自然石や古墳石室の転用石などが使用されており、金堂跡とは明らかな差、区別がみられた。

講堂跡からは、瓦積基壇が発掘された。この形式は明日香村では初めての発見だった。瓦積基壇は朝鮮半島に多く見られる基壇化粧であり、檜隈寺が渡来系氏族の東漢氏《やまとあやうじ》の寺として建立された証拠の一つとされた。

出土瓦の年代から金堂と中門は七世紀の半ばの建立、七世紀末には塔と講堂が建てられた。前半の金堂、中門は東漢一族の結束の証しとして建立され、壬申の乱による中断があり、その後に東漢氏を引き継いだ坂上氏を中心として塔と講堂が建立された、いわば二段階で造営された寺ともいわれる。考古学で明らかにされた建立の時期と、文献による氏族の歴史がからみあって、檜隈寺の在りし日の姿が浮かぶという遺跡である。

現在の寺跡には、延喜式内社の於美阿志神社が祀られている。江戸時代には寺跡のさらに西に祀られていたが、明治四十年（一九〇七）年に現地に遷座されている。

野口の御陵。みがきたる青白石の石室古墳

さてをしへしまゝに、平田といふ里にいたりて、御陵《みさざき》をたづぬるに、野中の小高《こだか》き所に、松三もと四本《よもと》おひて、かたつ方くづれたるやうなる冢《つか》あり、これなん文武天皇のみさゞきと申す。

そこを過ぎて、又野口といふ里にて、こゝかしこ尋ねつゝ、田のあぜづたひの道をたどり行きて、一ツの御陵ある所にいたる。こはやゝ高くのぼる岡のうへに、いと大きなる石してかまへたる所あり。みなみむきに、横もたても二尺あまりなる口のあるより、のぞきて見れば、窟《いわや》のやうにて、内はせばく、下《した》は土《つち》にうづもれて、わづかに這入《い》るばかり也。うへにはたてよこ一丈あまりの平《ひら》なる大石を、物のふたのやうにおほひたり。そのうしろにつゞきたる所、一丈四五尺がほど、やゝたひらにて中のくぼみたるは、ちかき世に高取の城きづくとて、大石どもほりとりしあと也といへり。みだれたる世に、物の心を知らぬ、むくつけきものゝふのしわざとはいひながら、いともかしこき帝の御陵をしも、さやうにほりちらし奉りけん事の心うさよ。そこに藁火《わらび》などたきすてたる跡の見ゆるは、あやしき乞兒《かたゐ》などのすみかにしつるなめり、と思ひしもしるく、やがて此の御山の下《した》に、さるものどもおほくあつまりゐたりき。

これを武烈天皇の御陵《みさざき》なりと申すなるは、所たがひて覚えし故に、そのわたりにて、これかれ

に問ふに、みなさいへるは、いかなることにか。すべてこの檜隈に御陵と申すは、延喜の式《しき》にのせられたるを見るに、檜隈坂合陵《ひのくまのさかひのみさざき》は、磯城島宮《しきしまのみや》に天下《あめのした》しろしめし、天皇（欽明）、同じき大内の陵は、飛鳥浄御原《あすかきよみはら》宮に御宇《あめのしたしろしめし》天皇（天武）、又藤原宮御宇天皇（持統）、同じき安古岡陵は、同宮にあめの下しろしめし、文武天皇にておはします。このうち、いづれかいづれにおはしますらん。今はさだかにわきまへがたし。こゝなるを武烈としも申すやうなるひが事しあれば、里人のつたへも、もはらたのみがたくこそ。

さいつころ並河のなにがしが、五畿内志といふ書《ふみ》をつくるとて、公《おおやけ》にも申して、その国々所々を、こまかにめぐりありきて、かゝる事もいと〳〵ねんごろに尋ね奉りし事、此のわたりの里人も、年おいたるは覚えいて、そのをりしか〳〵など語るなり。

げにかの書《ふみ》には、何のあとはその里のそこにあり、その村に今は何といふ塚なん、その御陵なるなどやうに、いともさだかにしるしたるは、なにをしるしにさだめつるにか、むげにちかき事なれど、その世まではなほ里人もよくわきまへしり居て、かたりけるにや。又おしあてにも定めつるにやと、うたがはしき事はた多かるを、此の度かくこゝかしこと、かつ〳〵も尋ぬるに、とかくさだかならぬにつけては、さまでも詳《つまび》らかには、いかにして尋ねえけんと、いさをの程はおぼろげならず思ひしらる。

檜隈から寅の方向にすすんで平田、野口で御陵を調べる。一帯に陵と思える墳丘が点在する。南から順に塚穴（現在の文武天皇陵）、高松塚、中尾山である。一行はこれらを探索したと思える。

奈良奉行所は、元禄十年（一六九七）の調査にて平田の陵も検討している。平田村の村役人から「高松塚、高松山と申すが、芝山にて申し伝えは無い」、「安古岡（文武天皇陵）と言われるものはない」と報告を受ける。それを聞いて、奉行所は現地調査を行った。調査の結果、文武天皇御陵は「字高松塚」に決めた。「山小《ニ》ク形只今ハ一里塚之様ニ相見候、併往古ハ……右塚之上ニ松木拾五本御座候……」と概要を記している。

宣長が訪れたのは、この時代の後である。

平田の御陵のあとに、野口の大内陵を訪れた。

宣長は石室を覗き見て、「見れば窟のやうにて、内せばく、下は土にうづもれて、わづかには入るばかり也。上にはたてよこ二丈あまりの平なる大石を、物のふたのやうに置いたり」と観察した。いかにも陵は荒れ果てていた。

しかし、幕府の調査はすでに行われていた。それは元禄十年（一六九七）九月の調査である。奉行所は高市郡への廻状で、檜前大内陵の調査を求めた。高市郡野口村庄屋　弥右衛門の名で回答書が提出されている。

回答書は、陵を武烈天皇陵だとする。村ではそのように言い伝えてきたという。この御塚は廻り六拾四間、高さ四間半。石室は南に向き、「上下両側ともに切石何レ茂みかきたる青白石色ニ御座候」(切石はいずれもみがきたる青白石という)との観察記録も付けている。陵には、松の木が植えられており、濠や瑞垣は無いとしている。しかし、奈良奉行所は大内陵を武烈天皇陵とは認めず、現地調査を行う。その調査を経て、陵は天武持統天皇御陵と定め、保全管理をすすめることになる。

ところが、宣長の訪れた頃には武烈天皇陵という名が、またまた村人の中で復活していた。『延喜式』は、檜隈坂合陵は磯城島宮を治めた欽明天皇の陵とする。檜隈大内陵は飛鳥浄御原宮を治めた天武天皇と藤原宮を治める持統天皇の合葬墓で、檜前安古岡《あこのおか》上陵は文武天皇の墓と定めている。

陵名は明白だったが、場所が不明である。「いづれがいづれにおはしますか、今はさだかにわきまへがたし」と宣長は檜隈・檜前の三陵の場所が確定できなかった恨み言を書いた。

宣長の批判の矛先は、『大和志』で檜隈大内陵の場所を、五条野の西と記した並河永に向かう。

『大和志』、宣長はこれは研究済である。この旅行でも参考にしているが、ここで「さきごろ並河のなにがしが、五畿内志（大和志）といふ書をつくるとて」と批判を始める。知悉する並河永（誠所）を「並河のなにがし……」、これは初めから不穏な表現ではなかろうか。

「公にも申して、その国々所々を細かに巡り歩きて」、「何のあとはその里のそこにあり、その村に今は何という塚、御陵」と、並河は断定したが、「何を根拠に書いているのか」、それが分からないと宣長は指摘する。

並河永は、「檜隈大内陵は天武天皇、持統天皇の合葬墓」としたが、その場所は「五条野の村の西に在り」と記し、五條野丸山古墳が天武・持統陵と断定する。ちなみに『大和志』は享保二一年（一七三六）の刊行で、宣長の旅の四〇年ほど前だった。

宣長は、「何を根拠に（並河は）定めたか。その頃までは里人はよくわきまえていたのか、それとも押し当て（推量）で定めたのか」と手厳しく論難する。「いさをの程はおぼろげならず思ひしらる」は、並河の決断力、洞察力を評価した言葉とは思えず、乱暴な決め方をしたとの批判と解したい。

さて、大内陵の石室は当時は誰でも入れた。覗き見る事もできる。

「上下両側ともに切石、いずれもみがきたる青白石」という。みがきたる青白石は瑪瑙《めのう》石ではなかろうか。同じ時期に建立されている川原寺の中金堂の礎石は白瑪瑙石とされる。天武・持統天皇陵からは五百㍍ほどの位置にある。青白く光る白瑪瑙石を共通項として、川原寺と野口王墓の関連性は無いのか。あるいは石材産地が共通という事はなかろうか、そこにも関心がいく。

それにしても、「みがきたる青白石」の石室古墳、畏れ多いことではあるが、一度は拝見してみたいものである。

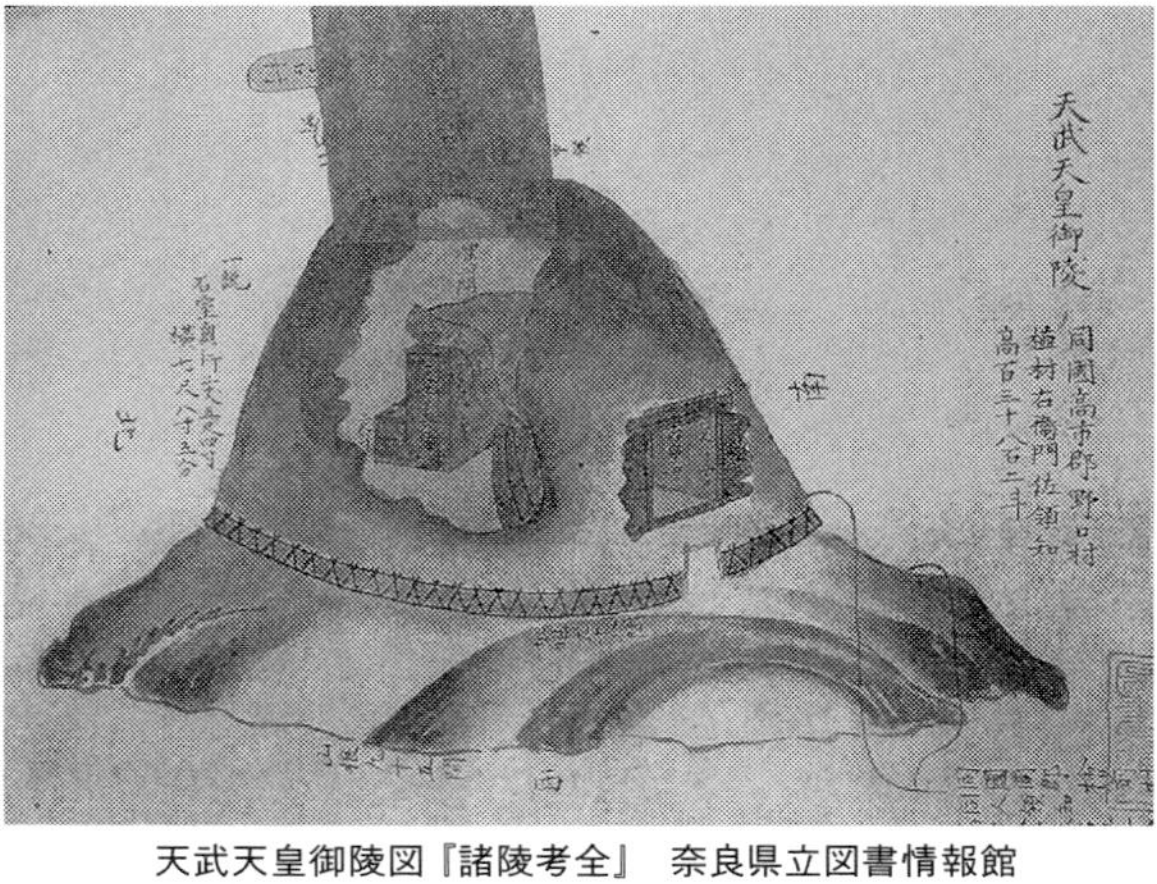

天武天皇御陵図『諸陵考全』 奈良県立図書情報館

川原寺と橘寺

此のみさゞきよりすこし行きて、ほどなく廣き道にいでぬ。こは土佐より岡へ直《たゞ》にゆく道也けり。

やゝゆきて、左のかたに見ゆる里を川原村といふ。このさとの東のはしに、弘福寺《ぐふくじ》とてちひさき寺あり。いにしへの川原寺《かわはらでら》にて、がらんの石ずゑ、今も堂のあたりには、さながらも、又まへの田の中などにちりぼひてもあまた残れり。その中に、もろこしより渡りまうでこし瑪瑙《みなう》石なりとて、真白に透《すく》やうなるが一ッ、堂のわきなる屋のかべの下に、なかばかくれて見ゆるは、げにめづらしきいしずゑ也。尋ねてみるべし。里人は観音堂といふ所にて、道より程もちかきぞかし。

つぎに橘寺にまうづ。川原寺よりむかひに見えて、一町ばかり也。此の寺は今もやゝひろくて、よろしきほどなる堂もありて、古の石ずゑはた残れり。橘といふ里もやがて此の寺のほとり也。

日くれぬれば岡の里にとまる。かの寺よりちかし。此のあひだに土橋をわたせる川あり、飛鳥川はこれ也とかや。いまの岡といふ所は、すなはち日本紀に飛鳥岡《あすかのおか》とある所にや。さらば岡本宮も、【舒明天皇皇極天皇斉明天皇三代の京】その傍《ほとり》とあれば、遠からじとぞ思ふ。又清御原宮《きよみはらのみや》は、その南とあなれば、その跡もちかきあたりなるべし。

近江の石山寺に「天智天皇の石切り場」跡が残されている。「本堂真下のこの場所は、天智天皇の御世（六六〇年代）、石切り場であったと言われ、採石跡が残されています。近年の調査で、ここから切り出された石は、天智天皇によって建立された奈良の川原寺中金堂の礎石に使用されていることがわかりました」と、石山寺境内の説明板に示される。さらに承暦二年（一〇七八）の本堂の火災を描いた『石山寺縁起絵巻』にも、この切り出し中の石が描かれているとのことである。

川原寺の中金堂の礎石は、青白く光る白瑪瑙《めのう》石（大理石の一種）である。正式名を「含珪灰石結晶質石灰岩」という。金堂の礎石だけに使われており、僧坊や回廊の礎石は石英閃緑岩（飛鳥石）が使われ、瑪瑙の石は使われていない。

従前、川原寺の白瑪瑙石は天川村洞川の産出とされてきた。橿原考古学研究所の研究者、奥田尚はこの産地を問題にした。洞川には結晶質石灰岩が確かに分布し、産出してきた。しかし、石の白さを際立たせる「珪灰石」が含まれていないこと、さらにすすめて、川原寺の「含珪灰石結晶質石灰岩」の岩相は石山寺の境内の岩に類似していることを『古代学研究195』で、指摘する。

川原寺は川原宮の故地に、斉明天皇を弔う寺として造営された。この寺では天武二年（六七三）には一切経の写経が行われている。天武天皇が没したのち、朱鳥元年（六八六）十二月には、大官大寺・飛鳥寺・坂田寺・豊浦寺と並んで川原寺でも無遮大会《むしゃだいえ》がおこなわれことが『日本書紀』に記されている。

この川原寺の中金堂に白く輝く二十九個の礎石が置かれ、そのいくつかは石山から切り出され瀬田川、木津川、大和川を経て飛鳥に届けられた石である。

さらに付け加えたい。「天武・持統天皇陵の石槨が白瑪瑙であることから、石山の石が使用されているかもしれない」と奥田は語る。古代の石材ネットワークは広く、充実していた。

さて、厩戸王は三十二歳まで飛鳥で過ごした。橘寺の前身地に屋敷を構えていた可能性も大きい。橘は地名であり、用明天皇は「橘豊日天皇」とも名乗り、橘の地に関わりがあったといえるだろう。

橘寺に残される太子像は、太子三十五歳の時、勝鬘経を講ずる時の姿である。冕冠《べんかん》（天皇・皇太子などの冠）を戴き、法衣を着け、左手には塵尾《しゅび》（僧侶が講話を行う時、手にする）を持って座する、その姿である。

亀石の方向から橘寺の境内へ入る門が魅力的である。「聖徳太子御誕生所」「大日本仏法最初霊地」の石柱が立てられている。ここから橘寺に入山する、一度は試してみていただきたい。

岡の里。岡寺

十一日。朝まだきにやどりをたちて、岡寺にまうづ。里より三町ばかり東のやまへのぼりて、二王門あり。額に龍蓋寺とあり。この門よりまへの道の左のかたに、八幡とて社もあり。

さて御堂には、観音の寺々をがみめぐるものども、おひずりとかいふあやしげなる物をうち著《き》たる、男女《おとこおんな》おいたるわかき、数もしらずまうでこみて、すきまもなくゐなみて、御詠歌《ごえいか》とかやいふ歌を、大声どもしぼりあげつゝ、一堂《ひとだう》のうちゆすりみちてうたふなるは、いとみゝかしかましく、大かた何事ともわかぬ中に、露をかでらの庭の苔などいふこと、ほの〴〵きこゆ。

『西国三十三所名所図会』は岡の町を俯瞰している。

「治田《はるた》の神社《じんじゃ》の鳥居《とりい》は岡の町の東がわにあり
是を入りてすぐに四丁ばかり行けば岡寺也
南は多武峰よしの
西は橘寺へ四丁壺坂道《つぼさかみち》
北ははせ伊勢《いせ》かいどう

かくのごとく四方《しほう》とも名所あれば此《ここ》に宿《やど》りて使宜《つかいよき》なり
旅人《たびびと》の多《おお》くはここに滞留《たいりゅう》す
旅籠《はたご》燭《きら》びやかにて至つて賑《にぎ》わし」

『菅笠日記』で紹介された西国三十三所観音巡礼の寺院は長谷寺と壺坂寺、岡寺である。それが『菅笠日記』の道順だった。この寺院のうち、ことさら「観音の寺々を拝みめぐるものども」と取りあげられたのは岡寺であった。

早朝から巡礼を迎える本堂の様子や「露をかでらの庭の苔」などと、御詠歌の歌詞まで紹介しているところなど、当時の寺院のありさまとか、巡礼の姿が目の当たりにできるような描写である。

西国三十三所の第七番札所の岡寺のご詠歌をみてみよう。

けさ見れば つゆ岡寺の 庭の苔 さながら瑠璃の 光なりけり

一行は岡の里を経て、北に路をすすめた。

「あやしき大石」、酒船石

又岡の里にかへり、三四町ばかりも北へはなれ行きて、右の方の高きところへ、一町ばかりのぼりたる野中に、あやしき大石あり。長さ一丈二三尺、よこはひろき所七尺ばかりにて、硯《すずり》をおきたらんやうして、いと平《たひら》なる、中の程にまろに長くゑりたる所あり、五六寸ばかりのふかさにて、底もたひら也。又そのかしらといふべきかたに、同じさまにちひさくまろにゑりたる所三ッある。中なるは中に大きにて、はしなる二ッは又ちひさし。さてそのかしらの方の中にゑりたる所より、下ざまへほそき溝《みぞ》を三すぢゑりたる。中なるは、かの広くゑりたる所へ、たゞさまにつゞきて、又石の下といふべき方のはし迄とほり、はしなる二すぢは、なゝめにさがりて、石の左右《ひだりみぎ》のはしへ通り、又そのはしなるみぞに、おの〳〵枝ありて、左右にちひさくゑれる所へもかよはしたり。

かくて大かたの石のなりは、四すみいづこも角《かど》なくまろにて、かしらのかた広く、下はやゝ細れり。そも〳〵此の石、いづれの世にいかなるよしにて、斯《か》くつくれるにか、いと心得がたき物のさま也。里人はむかしの長者の酒ぶねといひつたへて、このわたりの畠の名をも、やがてさかぶねといふとかや。此の石むかしは猶大《おほ》きなりしを、高取の城きづきしをりに、かたはらをば多くかきとりもていにしとぞ。

斉明天皇の時代に数多くの石造物が作られた。その目的、作成時期、施主については不明なものが多かった。古代史のプロもアマチュアも、これらの石の意味を熱心に議論してきた。

一九八〇年代に松本清張が、飛鳥の石造物の多くはペルシャの影響で造られ、ゾロアスター教に関わる施設と断じて、大きな波紋をひき起こした。酒船石、益田の岩船、亀石や古墳の石室にもペルシャ（胡人）の影響があると論じた。『火の路』では、「なんでもかんでも強引にゾロアスター教やイランに結び付けていると言って嘲笑されるかもしれない」が、「それは気にしない」と小説の主人公に語らせたりする。これは清張の本音である。さらにイラン紀行文、『ペルセポリスから飛鳥へ』では、「猿石・亀石・二面石・石人男女像、須弥山石の注文主は馬子であり、蝦夷」と断定した。これらの清張の論には賛同者もあり、イランなどへの調査団、ツアーも組まれたという。研究者の中でも、評価は分かれた。『火の路』の解説を書いた森浩一は、部分的な誤りを指摘しつつも、「一石を投じた」と好意的だった。飛鳥を発掘してきた網干善教は「小説なら何でも書ける」と、歯牙にもかけなかった。

時は流れた。発掘などの進展もあり、古代の明日香村の風景はより鮮明になってきている。たとえば、清張は狂心渠《たぶれこころのみぞ》は、中国の文献を流用した『日本書紀』の誇大な修飾であるとして、事実とは認めていなかった。しかし、明日香村に大溝とみられる溝や亀形石、天理砂岩の石垣が発見

（二〇〇〇年）されるなど、新たな遺跡の解明の中で、酒船石＝ゾロアスター教と言う論もほころびが生まれている。

酒船石の用途については、「古代の石造物覚書き」と題して、河上邦彦が『明日香風』の八一号で見解を述べた。「現在は半月形の池側（東）が高いが、一三〇〇年前は反対の西側が高かった。長い年月の間に地盤沈下が起こったと見られる」として、元の姿なら水は一巡できたというのである。「水の流れと微動によって流れるルートから吉兆を占う」施設との見立てである。

「酒船石は道教による太極図（天地陰陽の図）を表している」という門脇禎二の論も興味深い。酒船石の表面の刻みに、五行を考えようというのである。

この丘を天理砂岩がとり巻いていた。北側には飛鳥石を土台にして砂岩を並べ、西の急斜面には何段にも石が積まれていたことが分かっている。この丘の北の麓には亀形石が置かれた。酒船石からの水路は発見されなかったが、湧出口や敷石に、同じような黄色の天理砂岩が使われており、周辺の丘をめぐる石垣と一体で造られたとみることができる。

遺跡は斉明天皇の時代である。百済派兵などの重要な決定をするにあたって、神意を求めたという説（門脇禎二）もあり、酒船石遺跡は修復もされつつ、奈良時代まで使われた可能性も認められている。

『大和志』、『大和名所図会』などは、いずれも酒槽と論じている。宣長も「むかしの長者《ちやうじや》の酒《さか》ぶねといひつたへて、このわたりの畠の名をも、やがてさかぶねといふとかや」と、里人の言葉を紹介している。

見るだけで酒船石は十分に楽しい。訪れる人は多い。

酒船石

天理砂岩石垣

亀形石造物

飛鳥の神社と甘南備山

すこし行きて、飛鳥の里にいたる。飛鳥でらは里のかたはしにわづかにのこりて、門などもなくて、たゞかりそめなる堂に、大佛と申して、大きなる佛のおはするは丈六の釈迦にて、すなはちいにしへの本尊也といふ。げにいとふるめかしく、たふとく見ゆ。かたへに聖徳太子のみかたもおはすれど、これはいと近きよの物と見ゆ。又いにしへの堂《だう》の瓦とてあるを見れば、三四寸ばかりのあつさにて、げにいとふるし。

此の寺のあたりの田のあぜに、入鹿が塚とて、五輪なる石、半《なから》はうづもれてたてり。されどさばかりふるき物とはみえず。

飛鳥の神社は、里の東の高き岡のうへにたゝせ給ふ。麓なる鳥居のもとに、飛鳥井の跡とて、水はあせて、たゞ其かたのみ残れる。これもまことしからずこそ。石の階《はし》をのぼりて、御社は四座、今はひとつかり殿《どの》におはします。

此の御社、もとは甘南備山《かみなびやま》といふに立《た》たせ給ひしを、淳和のみかどの御世、天長六年に神のさとし給ひしまゝに、鳥形山といふにうつし奉り給へりしよし、日本後紀にみえたり。されば古《いにしえ》、飛鳥の神なみ山とも、神岳《かみおか》ともいひしは、こゝの事にはあらず。そこはこゝより五六町西のかたに、今いかづろ村といふ所なり。かくて今の御社《みやしろ》は、かの鳥形山《とりかたやま》といふ所なり。さればこそ、かの飛鳥寺をも、鳥形山《てうぎやうざん》とはなづけけめ、今もわづかに一町ばか隔《へだ》たれゝば、いにしへ寺の大きなりけん時は、今すこし近くて、此の御山のほとり迄も有りつる故にさる名は有るなるべし。

飛鳥寺の発掘調査は昭和三一年（一九五六）から行われた。塔の北、東、西の三方に金堂が配される独特の伽藍配置が確認された。塔と三金堂を囲む回廊の北側に講堂が建てられ、中ツ道（南北の道）に面した西門が最も大きく造られていた。

飛鳥大仏は、日本最古の丈六仏である。旧伽藍の中金堂に祀られていたが、鎌倉時代の火災によって破損した。顔面と右手の指以外は後補とされてきたが、近年の研究によれば飛鳥時代の姿がさらに多く残るとのことである。ご本尊の一般撮影は許可されている。

一行は飛鳥寺を経て、飛鳥坐神社に向かう。

飛鳥坐神社、「御社は四座。今はひとつかり殿《どの》におはします」と宣長は書いた。享保十年（一七二五）に里からの火災で、本社・末社ともに大部分が焼失する。高取藩によって再建されるのは安永十年（一七八一）で、宣長来訪時は仮殿だった。

『日本書紀』によれば、朱鳥元年（六八六）、天皇の病気平癒祈願の幣が飛鳥四社に奉られている。

飛鳥坐神社は古社である。ただし祀られていた場所が問題で、「飛鳥の神なみ山とも、神岳とも言いし」所から、現在地の「鳥形山」に、天長六年（八二九）に遷座されたとの確実な記録がある。

宣長は旧社地を示した。「神なみ山とも、神岳ともいひしは…こゝより五六町西のかたに、今いかづち村といふ所なり」と断定した。のちに雷の里を訪れたとき、その論拠を「神なみ山の帯にせるあすかの川とよめるにもよくかなひて。川はやがて此の山のすそをなんながるゝ」と万葉集が示した地形から、飛鳥の神奈備山を雷の丘と決めている。

この神奈備山については、各論がある。藤田富士夫に「飛鳥の神奈備山の比定に関する実景論的考察」との論文がある。論拠は頑丈である。懇切な地図も添付している。

「神なびの　みもろの山は　春されば　春霞立つ　秋行けば　紅にほふ　神なびの　みもろの神の　帯ばせる　明日香の川」の万葉歌を藤田は重視する。宮から神奈備山の紅葉が見えるような距離で、飛鳥川が帯のようになっている場所でなければならないという。

宣長が取り上げ、近世以来の通説だった雷丘説は「宮跡からの見通しが悪い」と、藤田は否定する。

折口信夫や直木孝次郎が推した甘樫丘は、近年蘇我氏の邸宅があったことが分かり、神域にはなりにくいと、これを却下する。

　岸俊男、和田萃が提唱した飛鳥の宮跡の南のミハ山説は、「ミハ山は形が悪い」と、これも取り上げない。

　そのうえで、藤田は伊藤高雄の「岡寺山」論を取り上げた。この山は小原、岡寺などから多武峰へ至る古くからのルート上にある山で、位置も形も相応しいとしている。

　別に、桜井誠の南淵山説も魅力的である。山のふもとの飛鳥川上坐宇須多伎比賣神社がポイントで、ご祭神の宇須多伎比売命は、飛鳥坐神社に祀られる加夜奈留美命の母神にあたり関連性があるとしている。この論も人気は高い。

　飛鳥の神奈備の旧祭祀地は、未だ定まらない、としたい。

蘇我入鹿の首塚

「大原明神」、大原寺と多武峰

さて此の御山の南のそはを、二町ばかりゆきて、道のほとりの森の中に、大きなる石どもをたてめぐらしたる所あり。中はすこしくぼまりて、広さ一丈あまり、横は六七尺も有りぬべし。こは誠《まこと》の飛鳥井の跡などにはあらぬにや。世に鎌足《かまたり》の大臣《おとど》の生れ給ひしところぞといふなるは、いとうけられず。

此のやがてちかき所に、大原寺といふ有り。藤原寺《とうげんじ》ともいふよし。ちひさき寺なれど、いときよらに造りみがきて、めにたつ所なれば、入りて見るに、堂などはなくて、たゞきらゝかに作りたる御社あり。大原明神と申して、かのかまたりの大臣の御母《おんはは》をまつれる神也とかや。

『明日香村の大字に伝わるはなし』という郷土誌がある。明日香村三十九大字(村)の現況、歴史、生活、行事を明日香村文化協会の会員が、聞き取り調査を行い取りまとめた。

こちらに小原《おおはら》の村の成り立ちがコンパクトにまとめられており、その冒頭を拝借したい。

「現在小原は『おはら』と呼ばれているが、古くは『大原』と記されていて、当大字では今でも『おはら』と言っている。享保二十一年(一七三六)の『大和志』では、大原となっており、文治・天保期

（一八三〇頃）あたりから、小原村と記されているようだ。

飛鳥坐《あすかいます》神社の南側の道を東に登って、切通しを抜けると右手に大伴夫人《おおともぶにん》の墓、左手に大原神社の白い壁が見える。そして正面に開けてくるのが小原、東山の集落である。」

大伴夫人《おおとものぶにん》とは鎌足の母親であり、この地が藤原鎌足の誕生地として、永らく記憶されてきた。

大原神社の前身、大原寺は多武峰妙楽寺（現在の談山神社）と一体だった。『御破裂之覚』という記録が談山神社に残る。慶長十二年（一六〇七）の御破裂山の鳴動を記録したものである。「御破裂山大に鳴動し、神光四海に輝き、光物国々に飛行す」という怪異があり、神託をもとめ、冬野八幡で御湯立て、それに続き、「大原の宮にて御湯を立てられたところ、御破裂之由神託あり」などと記されている。

談山神社境内、比叡神社本殿（重要文化財）は、寛文七年（一六六七）に明日香村の小原寺から移されており、そのつながりの深さがうかがわれる。さらに明治初年の大原寺の廃寺に当たっては、寺の備品のいっさいを多武峰が引き上げており、談山神社の神廟拝所に安置される鎌足公のご神像も、その時に大原寺から移されたものである。神仏分離以前は小原寺は多武峯と一体であった。

第五章　大和三山と藤原宮跡

う
え
大神神社
三輪駅
黒崎
A
近鉄大阪線
慈恩寺追分
大和朝倉駅
桜井駅
忍阪
安部文殊院
艸墓古墳
B
聖林寺
倉梯
下居
C
多武峰
う
え

大和三山〜藤原宮跡

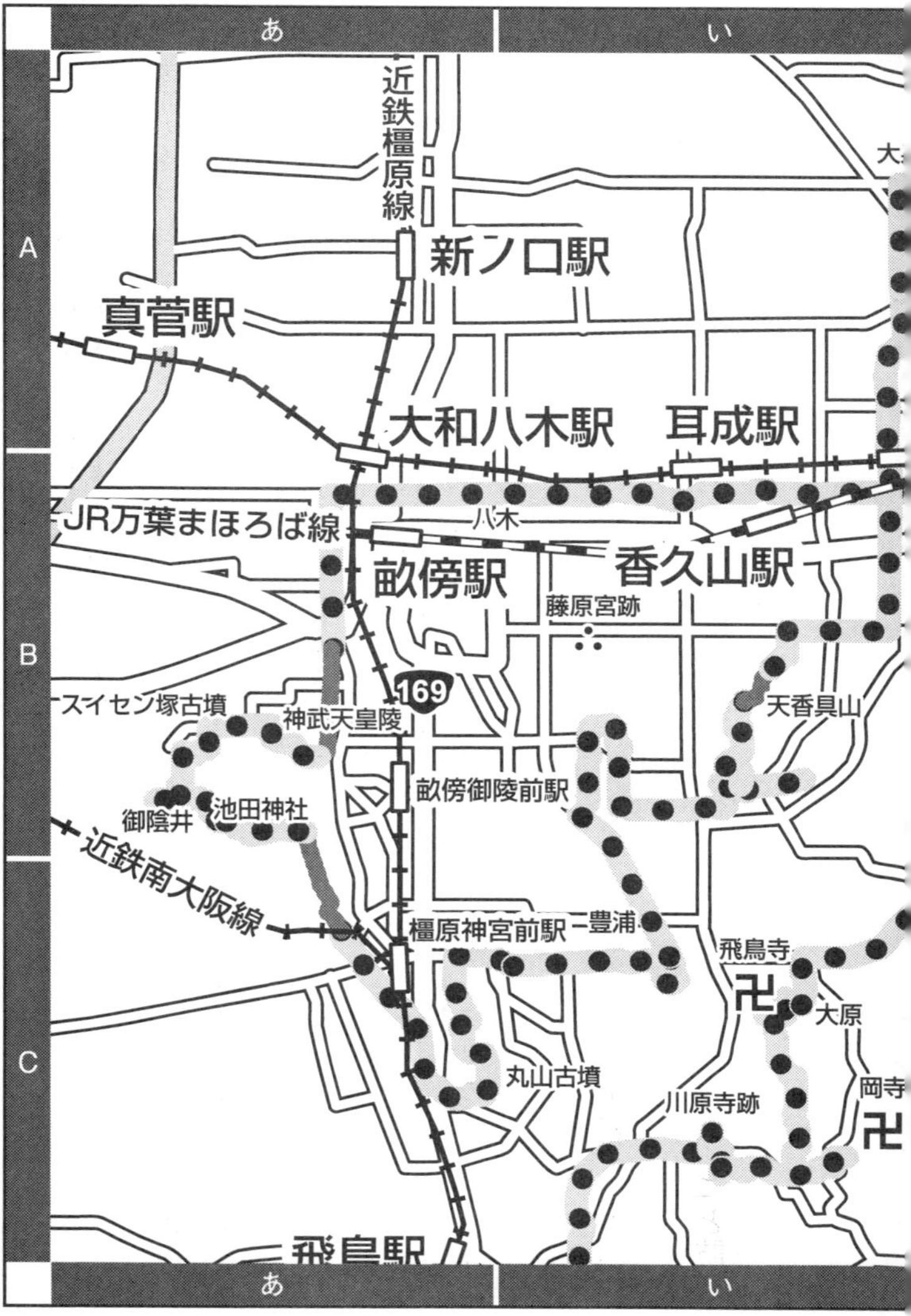

あ
い
A
B
C
近鉄橿原線
新ノ口駅
真菅駅
大和八木駅
耳成駅
JR万葉まほろば線
八木
畝傍駅
香久山駅
藤原宮跡
169
天香具山
スイセン塚古墳
神武天皇陵
畝傍御陵前駅
御陰井
池田神社
近鉄南大阪線
橿原神宮前駅
豊浦
飛鳥寺
大原
丸山古墳
川原寺跡
岡寺
飛鳥駅

持統天皇の藤原宮はいずこに

又此の寺は、持統天皇の藤原宮の跡なるよし、こゝの法師はかたりけり。大原の里は此の南の山そひに、まじかく見えたり。藤原といふも、すなはちこの大原の事なりといふは、さも有りぬべし。

されど持統天皇の藤原の宮と申すは、こゝにあらず。そは香山《かぐやま》のあたり也し事、万葉の歌どもにて知られたり。かねては、この大原といふ里、かぐ山のちかき所に有りて、藤原の宮もそこならんとこそ思ひしか、今来て見れば、かぐ山とははるかに隔《へだ》たりて、思ひしにたがへれば、いとくおぼつかなけれど、なほ藤原の里は、この大原の事にて、宮の藤原は別《べち》にかの香山《かぐやま》のあたりにぞありけんかし。

江戸時代に刊行された『和州旧跡幽考』天保二年（一六八二）、『大和志』享保二十一年（一七三六）は、「藤原の宮は大原也」としている。

宣長も「大原といふ里。かぐ山のちかき所に有りて。藤原宮もそこならんとこそ思ひし」と訪れている。大原寺の法師も、ここが「持統天皇の藤原宮の跡」と語る。

しかし、宣長は万葉集を考える。

「藤原京の御井の歌」は、藤原京の立地を明瞭に示している。

「藤井が原に宮殿を造り始められ　植安の池の堤の上にお立ちになって　ご覧になると
大和の国の　青香具山は　東南の　大御門に　春山らしく　茂り立っている
畝傍の　このみずみずしい山は　西面の　大御門に　瑞山らしく　美しく立っている
耳梨の　青菅山は　北面の　大御門に　恰好よく　神々しく立っている
名も高い　吉野の山は　南面の　大御門から　空の果てに　遠くあることだ」
『日本古典文学全集』「万葉集一」による

歌は東に香具山、西に畝傍山、北に耳成山、そして南に吉野山が望めると明記しており、大原の地での眺望とは明らかに異なる。持統天皇の藤原の宮は、香具山辺りにあるべきと宣長は考え、藤原宮は大原、との論と決別した。

「埴安の池の堤」がポイントである。天香具山、畝傍山、耳成山が見えて、南には吉野の山も望見できるところである。この埴安の池を探し求める事も、此度の旅では一つの重要なテーマだった。

山田道を経て安倍寺へ

これより安倍へ出づる道に、上《かみ》やとり村といふあり。文字には八釣《やつり》とかけば、顕宗天皇の近飛鳥八釣宮《ちかつあすかのやつりのみや》の所なるべし。里のまへに、細谷川のながるゝは、やつり（万葉十二）川にこそ。や、ゆきて、ひろき道にいづ。こは飛鳥のかたより、たゞに安倍へかよふ道なり。山田村、このわたりに、柏の木に栗のなる山ありとぞ。荻田《おいだ》村といふを過ぎて、安倍にいたる。岡より一里也。此の里におはする文殊は、よに名高き佛なり。

その寺に岩屋のある。内は高さもひろさも、七尺ばかりにて、奥へは三丈四五尺ばかりもあらんか。又奥院《おくのゐん》といふにも、同じさまなるいはやの二丈ばかりの深さなるありて、内に清水《しみず》もあり。

八釣を経て「ややひろきみち」をすすんだ宣長一行は安倍にいたる。この道が、かの山田道である。

安倍寺については「文殊は世に名高き佛なり」で、説明は簡略である。

文殊菩薩を拝観したい。

文殊菩薩は五智の宝冠をいただき、右手に剣、左手に蓮の花を持ち、仏の道を護りぬく強い思いの姿を示す。優しくもあるが、毅然とした表情に青年の躍動する姿が示される。文殊菩薩像の胎内には、快慶が建仁三年（一二〇三）年に彫りあげたことを示す墨書が残されていた。

文殊菩薩を挟む脇侍は、向かって右に善財童子、優塡王《うてんのう》。左には須菩提、維摩居士が立ち並ぶ。文殊菩薩を戴く獅子の愛らしい表情に和める。獅子は頭を左に傾け、手綱を取る優塡王と心を合わせる。手綱をもつ優塡王は堂々とした姿で、壮年としての力強さをみなぎらせている。合掌しつつ先導する善財童子のあどけない表情に人気がある。衣は風になびき、歩む動きを端的に示す。左側はインドのお坊さんの須菩提《すぼだい》が立つ。高い鼻、歯をむき出しの異国のイメージで初老の姿を示す。さらにその左手には維摩居士、中国の仙人の姿から老人が連想される。

文殊菩薩群像は各像それぞれに見応えがあるが、少年・青年・壮年・初老・老人と全世代がそろっていて人の一生を思わせる配置となっている。どの世代の人でも、願いを以て座われば自分と同じ年格好の仏像が目前にいらっしゃる、その構成が機微である。

「岩屋」は文殊院西古墳、奥院の「いはや」は文殊院東古墳という。文殊院西古墳は国指定の特別史跡に指定されている。

安倍の岩屋、艸墓古墳

さて此の寺をはなれて、四五町ばかりおくの高き所に又岩屋あり。こゝはをさ〳〵見にくる人もなき所なれば、道しるべするものだに、さだかにはしらで。そのあたりの田つくる男《をのこ》などにとひきゝつゝ、行きて見るに、これも同じほどの大きさにかまへたるいはやなる、三丈四五尺がほど入りて、おくは上も横もやゝ廣きに、石して屋のかたちにつくりたる物、中にたてり。そは高さも横も六尺ばかり、奥へは九尺ばかり有りて、屋根などのかたもつくりたるが、明《あかり》さし入りて、ほのかに見ゆ。

うしろのかたは、めぐりて見れども、くらくて見えわかず。さて口とおぼしき所は、前にもしりへにもなきを、うしろの方のすみに一尺あまり欠《か》けたる跡のあるより、手をさし入りてさぐりみれば、物もさはらず、内はすべてうつほになん有りける。

こはむかし安倍晴明《あべせいめい》が、たから物どもを、蔵《おさ》めおきつるを、後にぬす人の入りて、角《すみ》をうろかきて、ぬすみとりし也と里人はいふなれど、こは例のうきたることにて、まことはかの文殊の寺なる二ッのいはやも、これも、みないと〳〵あがれる代に、高貴《たかき》人をはふりし墓《つか》とこそ思はるれ。

そのゆゑは、すべていはやのさま、御陵のかまへにて、中なる石の屋は、すなはち大槨《おおとこ》と思はるれば也。そのかまへ、いと大きなる石を、けたにつくり、なかをゑりぬきて、棺《ひとき》ををさめて、上におほえる石を、屋根のさまにはつくれる物なり。さて土輪《はにわ》などいひけんたぐひの物は、此のめぐりにぞたてけんを、こゝらの世々をへては、さる物もみなはふれうせ、又ぬすびとなどの、大とこをもうろかきて、中にをさめし物どもは、ぬすみもていにけるなるべし。かの寺なる二ッは、その大とこも、みなかけうせて、たゞ外《と》なる岩構《いわがま》へのかぎり、残れるものならんかし。

さてこゝのいはやのついでに、しるべする男《をのこ》が語りけるは、岡より五六丁たつみのかたに、嶋の庄といふ所には、推古天皇の御陵《みささぎ》とて、つかのうへに岩屋あり。内は畳《たたみ》八枚《ひら》ばかりしかるゝ廣さに侍る。又岡より十町ばかり、これも同じ方に、坂田村と申すには、用明天皇ををさめ奉りし所、みやこ塚といひて、これもそのつかのうへに、大きなる岩の角《かど》、すこしあらはれて見え侍る也となん語《かた》りける。この御陵どもの事はいかゞあらん、坂田も嶋もふるき所にしあれば、里の名ゆかしく覚ゆ。

艸墓古墳の築造は七世紀半ばとされる。墳丘は一辺二八メートルほどで墳頂には六〜九メートルほどの楕円の平坦面がある。見晴らしの良い安倍丘陵の東端に築かれたが、今では住宅地に取り囲まれ、築造時の姿を想像することは難しい。

石室は南東に開口する横穴式石室で、玄室内には刳抜式家形石棺を安置する。石室は全長十三メートル、玄室長は四・四メートル、幅二・七メートルで、玄室の各壁はすべて一段で築かれる。奥壁は一石、側壁は二石、天井石も二石である。石材の隙間には漆喰がこめられる。石棺は竜山石（兵庫県由来）製で蓋に六個の縄掛け突起をもつ。石棺は全長二・四メートル、幅一・五メートルもあり石室の大きさに比してかなり大きく、この石棺をいかにして横穴式石室に収めたか、それが不明である。

艸墓古墳の石棺は二五〇年前と同じ姿で残される。石室に入ればだれしも、石棺の割られた穴をのぞき込み、手を差し入れる。宣長も同じことをした。ここは宣長と同じことができる。それを楽しんで頂きたい。

艸墓古墳。 角が割られた石棺

横大路を経て天香具山のふもとに

さてもとこし道を、文殊の寺までかへりて、あべの里をとほりて、田の中に、あべの仲まろのつか、又家のあとゝいふもあれど、もはら信じがたし。大かた此のわたりに、仲まろ晴明の事をいふは、ところの名によりて、つくりし事とぞ聞こゆる。又せりつみの后の七ッ井とて、いさゝかなるたまり水の、ところどころにあるは、芹つみし昔の人といふ事のあるにつけていふにや、こゝろえぬ事ども也。

それより戒重といふ所にいづ。こゝは、八木といふ所より桜井へかよふ大道なり。横内などいふ里を過て、大福村などいふも、右の方にみゆ。すこしゆきて、ろまたなる所に地蔵の堂あり。

たゞさまにゆけば八木、北へわかるれば三輪へゆく道。南は吉備村にて、香山《かぐやま》の方《かた》へゆく道なりけり。今はその道につきて吉備村にいる。村のなか道のかたはらに塚ありて、五輪の石たてるは吉備大臣《きびのおとど》のはかとぞいふ。石はふるくも見えず、又死人《しにびと》をやく所とてあるに、鳥居のたてるがあやしくてとへば、此の国はなへてさなりといへり。

村をはなれ、南へすこし行きて、西にをれて、池尻村といふをすぎて、膳夫《かしはで》村の南のかたはらに、森のあるをとへば、荒神《こうじん》の社といふ。北にむかへり、むかしは南むきなりしを、いとうたてある神にて、御前《みまえ》を馬にのりてとほるものあれば、かならずおちなどせしほどに、わづらはしくて、北むきにはなし奉りしとぞ。此の社は、今物する道のすこし北にて、此のわたり天香山《あまのかぐやま》の北のふもと也。

戒重から横大路を西に折れる。横大路は堺に始まり、竹内峠を越えて桜井に至る道である。この岐《ちまた》を仁王堂《にょうどう》という。ここには大きい道標が立てられていた。正面は「右　はせいせ　左　たへま大坂」。「右側面は左たへまおか寺　よしのかうや山」。左側面は「右あべやま　おか寺　みち」と刻まれている。旅人で賑わう繁華な岐《ちまた》だった。

西に道をすすめると、大福村を右に見る。そこが、また新たな岐《ちまた》である。こちらは古代の中ッ道、それをなぞる国中の南北を貫く街道との十字路である。「地蔵の堂あり。たゞさまにゆけば八木。北へわかれれば、三輪へゆく道。南は吉備村にて。香山《かぐやま》のかたへゆく道也けり」と、ここを特筆している。

「ちまたなる所に地蔵の堂」は、今はこちらにはなく、お地蔵さまは大福村の大念寺（十字路を北に五〇〇メートル《メートル》ほどすすむ）に移されている。光背の頂上に阿弥陀如来、左右に三体づつ、計六体のお地蔵様のレリーフを浮かべることが特徴で、今も大事に祀られている。凝灰岩製、増高八八センチメートル《センチメートル》、光背裏面に元弘三年（一三三三）の刻銘を残す。

横大路を南に折れて、吉備村に至る。宣長も見た吉備の大臣の墓と伝承された五輪の塔は、蓮台寺の門前に今も残る。さらに南にすすみ、「西に折れて、池尻村といふをすぎて、膳夫村」に至る。

膳夫は環濠集落だった。永正十二年（一五一五）の「膳夫荘差図」をよれば、「藪」、「ヤフ」、「ホリ」の書き込みもあり環濠の形が読み取れる。庄園の南北西に環濠があり、南の端の神社には、北から向かう参道しかなく、地形的には北向きの社殿は自然である。

大念寺(桜井市大福)の地蔵菩薩

天のかぐ山けふぞわけいる

此の山いとちひさくひきゝ山なれど、古《いにしへ》より名はいみしう高く聞こえて、天の下《あめのした》にしらぬものなく、まして古をしのぶともがらは、書見《ふみみ》るたびにも思ひおこせつゝ、年ごろゆかしう思ひわたりし所なりければ、此度《このたび》はいかでとくのぼりてみんと、心もとなかりつるをいとうれしくて。

いつしかと思ひかけしも久かたの　天のかぐ山けふぞわけいる

みな人も同じ心にいそぎのぼる。坂路《さかじ》にかゝりて左のかたに、一町ばかりの池あり、いにしへの埴安《はにやす》の池、思ひ出らる。されどそのなごりなどいふべき所のさまにはあらず。いとしもたかゝらぬ山は、程もなくのぼりはてゝ、峯にやゝたひらなる所もあるに、此のちかきあたりのものどもとみゆる五六人、芝のうへにまとゐして、酒などのみをるは、わざとのぼりて見る人も、又有りけり。さては蕨《わらび》とるとて、里のむすめ、嫗《おんな》などやうのもの二三人、そのあたりあさりありくも見ゆ。

山はすべてわか木のしもとはらにて、年ふりたる木などは、をさ〳〵見えず。峯はうちはれて、つゆさはる所もなく、いずかたも〳〵いとよく見わたさるゝ中に、東のかたは畝尾《うねを》長くつゞきて、木立もしげゝれば、すこしさはりて、異方《ことがた》のやうにはあらず。

「大和三山」、この山に宣長は登りたかった。

吉隠からの道にて葛城山、畝傍山を遠望している。「よその国ながら、かゝる名どころは明くれ書《ふみ》にも見なれ、歌にもよみなれてしあれば、ふる里びとなどにあへらんこゝちして、うちつけにむつましく覚ゆ」と気持ちを高ぶらせている。

しかし、実際に登ったのは天香具山のみだった。畝傍山は「いざのぼらんと言えど、山は異なることもない、足を疲れさせる益が無い」と、同行者の賛同を得られず登頂を断念、耳成山にいたっては、登ることは話題にもならなかった。

この差はどこにあるのだろうか。単に体力だけの問題ではない。天香具山の山麓には、午後の遅くに着いている。一方、畝傍山は朝、宿を出たばかりだったが、通り過ぎてしまう。「大和三山」といっても天香具山の成り立ちと畝傍山、耳成山とは少し違うのである。山の形とかではなく、山の持つ神話としての歴史に差がある。

「伊予国風土記に曰、天降の時二つに分かれて、片端は倭国にとゞまり、天香具山といへり。片端は伊予国伊予郡にとどまり、天山といふ」と『大和名所図会』にも紹介される。天降りで、「天」という名がつく山となり、山としては別格である。

須佐之男の乱暴狼藉を嘆き、天照大御神が天の石屋戸《いわやと》に籠る神話も有名である。高天の原、葦原中国、ことごとく暗くなる。この対応を神々は協議する。鹿の肩骨を天の香山《かぐやま》の朱櫻《ははか》の木を焼いて占い、天の香山の賢木《さかき》を根こそぎ掘り、まが玉、鏡、和幣《にきて》を取り付けて祝詞を奉る。天宇受売命《あめのうずめのみこと》は、天の香山のヒカゲノカズラをたすきにかけ、天のまさき（テイカカズラ）を鬘《かずら》とし、天の香山の笹葉を手にして踊り跳ねる。その歓声に誘われて天照大御神は岩屋を出で、天地は光に包まれ輝いた。天香具山で用意された呪物が、光輝く新たな世界の再出発には欠かせないものだった。

「左手に一町ばかりの池あり」としている。この場合の一町は距離ではなく面積である。膳夫から登ってくると、「左手に一町歩ほどの池」とは、今も残る古池のことだろうか。明治時代の地形図にみると、それをたどれる道が描かれている。

香具山の樹叢も興味深い。「山はすべて若木で、峯は広々としている」とのことで、盆地を取り巻く峰々がよく見える様子である。山の高木は切られており、柴刈りで払われ、眺望はすっかり開けていた。

現在は三山ともに、立木が生い茂り、特別に切り開いた方角以外の展望はない。

天のかぐ山のぼりたち国見をすれば

この峯に、龍王の社とて小《ちひ》さきほこらのあるまへに、いと大きなる松の木のかれて朽《くち》のこれるが立《た》てる下に、しばしやすみて、かれいひなどくひつゝ、よもの山々里々をうち見やりたるけしき、いはんかたなくおもしろきに。

のぼりたち国見をすれば国原はなど、【万葉一長歌　とりよろふ天のかぐ山のぼりたち国見をすれば国原はけぶり立こめうなはらは云々】声おかしうて、わかき人々のうち誦《ず》したる。

さしあたりては、まして古《いにしへ》しのばしく、見ぬ世のおもかげさへ立ち添ふこゝちして。

もゝしきの大宮人のあそびけむ　かぐ山見ればいにしへおもほゆ

かの酒のみゐたりし里人共も、こゝにきて、国はいづくにかおはするなどとひつゝ、此の山のふることどもなどかたりいづる。いとゆかしくて、耳どゞめてきけば、大かたここによしなき、神代のことのみにて、さもと覚ゆるふしもまじらねば、なほざりに聞きすぐしぬ。されど、見えわたるところ〴〵を、そこかしこと問ひきくには、よき博士《はかせ》也けり。

まづ西のかたにうねび山、物にもつゞかず、一ッはなれて、ちかう見ゆ。こゝより一里ありといへど、さばかりもへだゝらじとぞ思ふ。なほ西には金剛山、いとたかくはるかに見ゆ。その北にならびて、同じほどなる山のいさゝか低《ひき》きをなん、葛城山と今はいふなれど、いにしへは、このふたつながら葛城山にて有りけんを、金剛山とは寺たてて後にぞつけつらん。すべて山もなにも、後の世には、からめきたる名をのみいひならひて、古のは失《う》せゆきつゝ、人もしらず成《なり》ぬるこそくちをしけれ。されど又いにしへの名どもの、寺にしものこれるが多きはいとよしかし。

又その北にやゝへだゝりて、二《ふた》がみ山、峯《みね》ふたつならびて見ゆ。これも今は二上《にじやう》がだけと、例の文字《もじ》のこゑにいひなせるこそにくけれ。伊駒山《いこまやま》も雲はかくさず、【きのふけふ雲の立まひかくろふは花のはやしをうしとなるべし】いぬゐの方にかすかに見えたるに、吉野の山のみぞ、ちかきにさへられて、こゝよりは見えぬ。さては東も南も、此の国の山々、のこるなく見やられたり。

又くになかは、畳《たたみ》を敷《しき》ならべたらんやうにたひらにて、その里かの森など、むら〳〵わかれて見えたる。北のかたは、ことにはる〴〵と、末は霞にまがひて、めも及ばず、山のはも見えぬに、耳成山《みみなしやま》のみぞ、西北《にしきた》といはんには北によりて、物うちおきたらんように、たゞひとつ、これはうねび山よりも今すこしちかく見えたるなど、すべて〳〵よも山のながめまで、

とりよろふあめのかぐ山万代に　見ともあかめやあめのかぐ山

といふを聞きて、なぞけふの歌のふるめかしきはと、人のとがめけるに、

いにしへの深きこゝろをたづねずは　見るかひあらじ天のかぐ山、といへばとがめずなりぬ。

今はとて立ちなんとするにも、
わかるとも天のかぐ山ふミ見つゝ　こゝろハつねにおもひおこせん
などいひつゝ、せめてわかれを慰《なぐ》さめて、この度は南の方へくだりゆく。

「天皇、香具山に登りて望国《くにみ》しまし時の、御製の歌
大和《やまと》には　群山《むらやま》あれど　とりよろふ
天《あま》の香具山　登り立ち
国見をすれば　国原《くにはら》は　煙《けぶり》立ち立つ
海原《うなばら》は　かまめ立ち立つ
うまし国ぞ　あきづ島　大和の国は」『万葉集巻一の二』

国見とは、春先、五穀の豊穣を祈って国土を見渡す儀式である。民の暮らしを思いやる思いも込めて、舒明天皇が香具山に登って予祝として歌っている。

この歌は覚えておくべきである。声に出して、読むだけでも心は晴れる。朗詠できたら、なおの事である。

天香具山から南浦に

坂のなからに、上の宮とて、ちひさきほこらあり。麓はやがて南浦といふ里にて、日向寺《にっかうじ》といふ寺もあり。その堂のまへにも、大きなる松のかれたるあり。このわたりに下の宮といふもあり。すべて此の山には、いにしへ名ある神の御社《みやしろ》ども、かれこれとおはせる。今はいづれかいづれとも、しる人なければ、此のほこらどもなども、もしさるなごりにもやと、目とまる。此の里の東のはしに、御鏡《みかがみ》の池といふあり、埴安《はにやす》の池はこれ也といひし人もあれど、信じがたし。此の池のほとりに、香来山《かぐやま》の文殊とて寺あり。かぐ山村は、この東にありとぞ。

又この南浦村の三町ばかり南に、金堂講堂《こんどうこうどう》のあとゝて、石ずゑ廿六のこれりとぞ。こはいずれの寺なりけん。すべてかうやうのところどころも、後にふるき書《ふみ》どもかむかへあはせなば、その跡とさだかにしらるゝやうもありぬべけれど、さまで物せんも、旅路の日記《にき》には、くだ〳〵しければ、例のもだしぬ。又此の里のたかむらの中に、神代のふることをいひつたへたる石あり、そのほとり七八尺ばかりは、垣《かき》などゆひめぐらしたり。その中に生《お》ふる竹に、あやしき事有りとてかたりしは、後に書《か》かむと思ひてわすれき。

又里を西へいでゝ、道のほとりの田の中に、湯篠《ゆざさ》やぶとて、一丈ばかりの所に、細き竹一むらおひ

――たるもあり。――

香具山を南に下る。上の宮・下の宮、御鏡の池、礎石三十六の寺跡、天岩戸神社、湯篠のやぶを紹介している。文の流れとして、礎石三十六の寺跡以外はすべて見学したと考えたい。

「水鏡の池は埴安の池」と『大和名所図会』は述べる。「埴安の池、南浦村にあり。いま、鏡池と云ふ。」と記される。近年、池は埋められて、跡地は南浦構造改善センターとして利用されている。宣長は「此の里の東のはしに、御鏡《みかがみ》の池といふあり。埴安《はにやす》の池はこれなりといひし人もあれど、信じがたし」とこれも認めない。

香来山《かぐやま》の文殊も訪れた。「香具山興善寺文殊院、戒下村に在り。真言宗、僧坊五宇あり」と『西国三十三所名所図会』は記しており、秀麗な境内を紹介している。興善寺、いまは戒下の村で護持されている。三月二十五日には、年に一度の文殊会式も勤められる。毎月二十五日には村中総出で境内清掃も行う。「檀家ではないですが、村の大切なお寺として守っています」と区長（町内会長）は言われる。

「神代のふることを言い伝える石あり」と天岩戸神社の正体を示しつつ、七本の竹が生まれ、七本の竹が枯れるという「七本竹」の伝承は、「後に書かむと思ひてわすれき」と素気ない。

「道のほとりの田の中に、湯篠《ゆざさ》やぶとて、一丈（三メートル四方）ばかりの所に細き竹一むら生えたる」と湯篠の藪も簡略に紹介している。細い竹が今も群生している。竹を握るとわかるが、角張っており四方竹とよく分かる。天宇受売命《あめのうずめのみこと》が、天香具山の笹を手に持ち、踊り跳ねたという湯篠である。祭礼の時には、今もこの笹葉を必ず用いるという。湯篠の竹むらはどんなふうに、誰が維持してきたのか、この竹林はもともとから四方竹だったのだろうか。伝承や行事を長く維持することはなみたいていの事ではない、これには頭が下がる。

「南浦村の三町ばかり南に、金堂《こんどう》講堂《こうどう》のあとゝて、石ずゑ卅六残れり」と「大官大寺」の寺跡を紹介している。三十六の礎石は、現地に明治中期までは残されていたが、明治二二年（一八八九）の橿原神宮造営の際、運び去られたと聞く。発掘も行われて跡地は整備されたが、面影を伝えるものは土壇のみである。

南浦町（橿原市）湯笹やぶ

藤原の宮跡を求めて。別所村から高殿村

さて西へ行きて、別所《べっしょ》村といふに、大宮と申す御社《みやしろ》あり。高市社《たけちのやしろ》はこれなりと聞《き》きおきしかば、たづねてまうづ。香《かぐ》山のすこし西なり。今はこの北なる高殿《たかどの》村といふ所の神也とぞ。この御社《みやしろ》の西の方にも池あり、持統天皇の藤原の宮と申せしは、このわたりにぞ有りけん。今高殿などいふ里の名も、さるよしにやあらん。さて埴安の池も、かならずこのわたりと聞えたるを、今たえ〴〵に所々つゞきて、低《ひき》き岡のいくつもあるは、かの堤《つつみ》のくづれのこりたるなどにはあらじや。ふるき歌どもにも見えて、名高き堤《つつみ》なりしはや。

又その西に、ひざつき山とて、かたつかたには松しげくおひて、ひきく長き岡あり。これにも神代のふる事とて、かたりし事あれど、例のうきたる事なりき。のぼりて見やれば、南の方に、飛鳥川西北ざまへながれて、長く見ゆ。此の岡の南に、かみひだといふ里あり。文字は神の膝とかくよし。

「藤原宮跡はいずこ」と別所村、上飛騨村を歩いた。探し物は三山を見渡す「埴安の池の堤」である。

天香具山に差し掛かる時、左手に池を見ている。「坂路《さかじ》にかゝりて左のかたに、一町ばかりの池あ

り、いにしへの埴安《はにやす》の池、思ひ出らる。されどそのなごりなどいふべき所のさまにはあらず」と、埴安の池とは認めない。南浦の里でも、「此の里の東のはしに、御鏡《みかがみ》の池といふあり。埴安《はにやす》の池はこれなりといひし人もあれど、信じがたし」である。

天香具山の麓から西に向かうと別所村である。「さて埴安の池も、かならずこのわたりと聞えたるを、今たえだえに所々つゞきて、低き岡のいくつもあるは、かの堤のくづれのこりたるなどにはあらじや」と、宣長はこの地に「埴安の池」の存在を推察した。

大和三山に囲まれた地域では、この地が最高地である。飛鳥川の洪水の影響を大きく受けた処で、池や水路は作られたり、廃されたり、大きな変化があった。埴安の池跡の有力な推定地の一つだが、確証はない。埴安の池の所在地は現在も未解決で、さらに池の実在の有無も含めて各論が残る。

埴安の池は不明でも、藤原宮跡は、水田の下に残されていた。近年、発掘はすすみ宮の解明がすすめられて、柱跡を示す朱塗りの短い柱も立て、宮跡を示す工夫がなされている。

在りし日の藤原京・宮の姿は、宮跡西辺の「橿原市藤原京資料室」と、宮跡東辺の天香具山の麓の「奈良文化財研究所藤原宮跡資料室」で見学することができる。

豊浦の里、豊浦寺

そこよりすこしゆきて、かの見えしあすか川をわたる。このあたりにては、やゝ広き川なり。此の川のみなみのそひをゆく道は、八木より岡へ通ふ道なり。

その道を田中村などいふを通《とほ》りて、十町ばかり川上《かはかみ》の方へゆけば、豊浦の里。豊浦寺のあとは、わづかに薬師の堂あり。今も向原寺《かうげんじ》といふ、【日本紀に向原《むくはら》】ふるき石ずゑものこれり。榎葉井《えのは井》はいづこぞと尋ぬれど、知れる人もなし。難波堀江《ほりえ》の跡とて、ちひさき池のあるは、いともうけがたし。かの佛の御像《みかた》をすてられしは、津国《つのくに》の堀江にこそありけれ。


寺は推古天皇十一年（六〇三）に創建された。推古天皇が豊浦宮から小墾田宮に移る際、蘇我馬子が豊浦宮を譲り受けて寺とする、日本で最初の尼寺とされる。

蘇我本家の滅亡、さらに都が奈良に遷る中で寺勢は衰退した。九世紀には堂塔が崩れ、中世に寺は衰亡する。室町時代に薬師堂として復活され、江戸時代に寺は再建、現在の御堂は昭和五十五年（一九八〇）に建てられた。

寺跡の発掘調査は行われており、金堂・講堂など伽藍配置は明らかとなっている。豊浦寺遺跡の基盤の下に石敷、掘立小屋建物跡が発見され、これが豊浦宮跡と確認された。

向原寺の後背地に鎮座する甘樫坐《あまかしいます》神社の氏子地域は豊浦と雷の両地区。神社は毎年四月の第一日曜日に盟神探湯神事《くがたちしんじ》を斎行する。さすがに「煮えたぎる湯に手を入れて」などという裁判はなく、湯に笹の葉を浸して、健やかな暮らしを占い、祈るという行事である。

さて、宣長は「榎葉井はいづこと尋ねるが、知る人もなし」で途方にくれる。もともとは鎌倉期の歌人・鴨長明の「古にける豊浦の寺の榎葉井の」と記したことが始まりとされる。「豊浦村の民家の後方に在りて、昔の井戸はおのずから埋もれ果て、その名残とてかすかに清水流れたり」とは、江戸時代の『和州旧跡幽考』による。

一方、榎葉井の存在自体を疑う論もある。地名学者の池田末則は「地名の誤写例」として、榎葉井は井戸ではなく堰だったという。飛鳥には「木の葉《このは》堰・豊浦堰、大堰、小堰、飛騨堰……とある」「木の葉《このは》堰は今も当地から百貫川に分水して利用されている。」として、「樹葉《このは》井は榎葉井・桜井に転じた」と言う。さらに、江戸中期には「小山村・榎葉村・豊浦村は飛鳥村の西にあり」と村名にもなっていて、「古代地名の発音・用字は自由に豹変する」とし、榎葉井の井戸の存在に疑問を呈している。

井戸は無くても、堰として名は残るということだろうか。

雷之丘から石川池

さて此の里は、飛鳥川の西のそひにて、川のむかひは、すなはち雷村なり。いにしへ飛鳥神社《あすかのかみのやしろ》のたゝせ給ひて、神なみ山とも、神岳《かみをか》ともいひしは、この所ぞかし。今来《き》て見るに、さいふべき山有りて、神なみ山の帯《おび》にせるあすかの川(万葉十三)、とよめるにもよくかなひて、川はやがて此の山のすそをなん流るゝ。このわたりまでも、飛鳥と古《いにしえ》いひしは、もとよりの事にて、今も飛鳥の里よりわづかに五六町なるをや。又人まろが歌《万葉三》にも、雷之上《いかづちのうえ》とよめれば、今の里の名もふるき事なり。いはせの森などいひしも、このわたり也けんかし。

又豊浦を通《とほ》り、西ざまに行きて、和田村といふあり。そこよりすこしのぼりて、山のかひを西へうちこゆれば、剣《つるぎ》の池、道の左にあり。東南も北も低《ひき》き山にて、池はたてもよこも二町ばかりの広さなる、中にちひさき山有りて御陵なり。南西北と池めぐりて、東のみ後《うしろ》の山につゞけり。さて池の西の堤のしたは、やがて石川村なり。此の御陵はまがふべくもあらねど、猶さだかにきかんと思ひて、例の里のおいびとたづねて問へば、第十八代のみかどのみさゝき、御名《みな》は何《なに》とかやのとて、しば〳〵うちかたぶくを、いな十八代にはあらず、八代孝元天皇よといへば、おいさり〳〵とうなづく。物とはんとして、かへりてこなたより教《をし》へつるもをかし。

「雷が落ちる」という。雲を切り裂き、大音響で雷は大地に激突する。怖いものである。この雷を捕まえようというお話が『日本霊異記』の冒頭に示されている。

時は雄略天皇の時代である。武官の少子部《ちいさこべ》の栖軽《すがる》は、「雷を連れて帰れ」との天皇の命を受ける。雷神をさがして、初瀬の宮から山田道に馬を走らせる。軽の諸越のちまた（今の丈六あたりか）に到り、雷鳴に向かい「天皇のお召だ」と叫んだ。馬を還し、豊浦寺と飯岡との間に落ちた雷を見つけ、宮に持ち帰ったという。その落ちていた場所、ここを雷の岡と名付けられたという。

一行がすすむ道は、泊瀬朝倉宮に始まり、磐余を抜ける山田道からつながる道である。雷丘を断ち割ってまっすぐ抜けてくる古代の道、軽のちまたに向かう道でもあった。

和田村を越えたところに小さな尾根がある。これを越えると畝傍山は立ちふさがるように姿を現す。宣長が目当てとしたのは、畝傍山とそれを取り巻く御陵の探索である。畝傍山の周辺が、神代から人代に移り変わった歴史の舞台だと宣長は信じていた。神武天皇の御陵があり、二代の綏靖天皇、三代安寧天皇、四代懿徳天皇の陵が置かれていた。欠史八代の言葉が示すように、これらの天皇の実在性は問題とされるが、『記紀』、『延喜式』の時代には、これらの御陵は場所が定められており、祭祀も行われていたのである。宣長はそれを探りたかった。

道をすすめると、剣の池は左手に見えてくる。

丸山古墳

此の村をいでゝ、あなたは程なく大軽《おおかる》村、是《これ》はかの天皇の都（軽堺原宮）の跡なり。かるの市などいひしも、こゝなるべし。軽《かる》をはなれて、猶《なほ》西へゆけば、やゝ高き所なる、道の南になほ高く円《まろ》に見ゆる岡あり。

その南のつらに、塚穴《つかあな》といふいはや有りときゝつれば、細き道をたどり行《ゆ》きて見るに、口はいとせばきを、のぞきて見れば、内はやゝひろくて、おくも深くは見ゆれど、闇《くら》ければさだかならず。下《した》には水たまりて、奥のかたにその水の流れいづる音聞《おときこ》ゆ。これは何《なに》の塚ぞとゝへど、しるべのをのこもしらぬよしいへり。もし宣化天皇の身狭桃花鳥坂上《むさのつきさかのうえ》御陵などにはあらぬにや。其の故は、此の岡の下はやがて三瀬《みせ》村といふ所なるを、牟佐坐《むさにます》神社（神名式）も、今かの村に有りときけば、身狭《むさ》は此のわたりと思はれ、又坂上《さかのうえ》とあるに、所のさまもかなへれば也。それにつきて猶思へば、今みせといふ名も、身狭《むさ》と書ける文字《もじ》を、しかよみなせる物か、又さらずとも声かよへば、おのづからよこ訛《なまり》つるにや。

一行は、ここで、いったん南に道を変えて、五條野村の丸山古墳に向かった。

「口はいとせばきを。のぞきて見れば、内はや、広くて奥も深くは見ゆれど闇《くら》ければ定でない」。道案内に「これは何《なに》の塚ぞと問へど、知らぬという」という。

ここで並河永の『大和志』(一七三六)が問題となる。『大和志』は、丸山古墳を「檜隈大内陵 天武天皇、持統天皇の合葬墓」とした。「五条野村の西、俗称丸山とよぶ」とあるので、場所は間違いなく、誤読の余地はない。文禄十年(一六九七)の奈良奉行所の山陵調査では、「檜隈大内陵は野口に」と定めているが、並河永はそれをひっくり返した。そして、これが通説となり、『大和名所図会』や、『西国三十三所名所図会』は、『大和志』に従って、「檜隈大内陵、五條野村にあり、天武帝・持統帝合葬し奉る陵なり、中に石棺二ツあり」と記した。野口の天武・持統天皇陵の前で、村人が宣長に「ここは武烈天皇陵」と言うのは、ここら辺りに火種があった。

陵の保存のためには、残されている古墳と陵名を突合せる必要があった。それができないケースが生まれて来る。丸山古墳はその代表的な例だった。

『大和志』以降、丸山古墳は天武・持統天皇合葬陵と長く言われてきたが、明治の時代に発見された『阿不幾乃山陵記《あおきのさんりょうき》』が、それらをすべて否定した。これ以降丸山古墳は想定する被葬者を失った。宣長は「これは何《なに》の塚ぞ」と問うが、村人は「知らぬ」という。この宣長の質問は、今も答えは出ていない。

三瀬の宿、宿のあるじ

かくて西へすこしくだりて、かの三瀬村にいづ。こゝは八木より土佐へゆく大道とぞいふなる。日もはや夕暮に成りぬるを、此の里はよろしき家どもたちつゞきて、ひろき所なれど、旅人やどす家は、をさ〳〵無きよしきけば、なほ八木までや行《ゆ》かまし、岡へや帰《かへ》らましといえど、さては日暮れはてぬべし、足《あし》もうごかれずと、みな人わぶめれば、さはいかゞせん。なほ此の里にとまりぬべきを、あやしくとも、一夜《ひとよ》あかすべき家あらば、猶《なお》たづねよといふに、ともなる男《おのこ》、ひと里のうち、とひありきて、からうじて宿《やどり》はとりぬ。

思ふどち袖すりはへて旅ごろも　春日《はるび》くれぬるけふの山ぶみ

道の程はなにばかりもあらざめれど、そこかしこと行《ゆ》きめぐりつゝ、日一日《ひひとひ》たどりありきつれば、げにいといたくくるしくて、何事も覚えぬにも、猶このちかき辺りのことども、問《と》ひきかまほしくて、まづ此の宿のあるじよび出でたる。

年のほど五十《いそぢ》あまりと見えて、髭《ひげ》がちに顔悪《かほにく》さげなるが、面《おも》もち声《こわ》づかひむべ〳〵しうもてなしつゝ、いでこのわたりの名所古跡《こうせき》はと、いひ出づるよりまづをかしきに、わかき人々はえたへずほゝゑみぬ。この東なる山に、塚穴《つかあな》とてあるは、いかなる跡《あと》にか問《と》へば、かれは聖徳《しょうとく》太子の御時《おんとき》に、弘法大師のつくらせ給ふとかたるには、たれも堪《た》へねど、なほ何事かいふらんと、さすがにゆかしければ、いみじうねんじて、さはいみじき所にも侍るかな。深さはいくらばかりかと問《と》へば、おくはかぎりも侍らず、奈良の寒《さむ》さの池まで通《とふ》りてこそ侍れといふ。そもその池は、いづこばかりにあるぞと問《と》へば、興福寺《こうぶくじ》の門前に、さばかり名高くて侍る物を、しらぬ人もおはしけりといふにぞ、心得てみな人ほころび笑《わら》ふ。
　さて畝火《うねび》山の事かたるついでに、神功皇后の御事《おんこと》を申すとて、じんにくんといへるこそ、よろづよりもをかしかりしか。それより此のあるじをばじんにくんとつけて、物わらひのくさはひになんしたりける。こゝには神の御社やなにやと、たづねまほしき所々《ところどころ》多《おほ》かれど、かゝるには何事か問《と》はれん、いとくちをしくこそ。

丸山古墳と三瀬の里は隣り合わせだ。

三瀬（以下、現在地名の見瀬と記す）は、下ツ道をなぞる中街道と山田道からの畝傍街道が交差するところに発達した街道集落だった。『奈良県高市郡志料』によれば、見瀬は牟佐が転訛したもので、「古史に見ゆる軽の街衢《がいく》にして所謂店舗より起こりたる仮字ならんか」と考証する。以下は『橿原市史』によるが、明治三年（一八七〇）の見瀬村の戸数は一三六軒で造酒屋・織屋・紺屋・質屋・膳飯屋など二三職種五十五軒とある。八木から高取藩の土佐への中間地の沿道集落として発展、近在の商工業の中心地でもあった。

しかし、見瀬には旅籠屋はないのである。宿さがしは「ともなる男《おのこ》」が奮闘する。ともかく、旅籠ではない、そして何屋さんとはわからない家に泊めてもらう事に成功する。

夕食後だろうか、この辺りの事を聞きたいと、宿の主《あるじ》を呼び出した。

まずは、丸山古墳の事を訊ねる。宿の主は「聖徳太子の時代に弘法大師が築いた」と答える。石室の深さは猿沢の池まで続くという事で、荒唐無稽ではある。

畝傍山の事を話すにあたり、神功皇后の事が話題となった。宿の主が神功皇后を「じんにくん」と言うのを、「此の主をばじんにくんとつけて、物わらひのくさはひ（種）になんしたりける」と、笑いものにしてしまう。「神の御社やなにやと、たづねまほしきことが多かったが、これ以上、質問する気を失せた」と、残念がる。

ここら辺りのやり取りは、僕にはいただけない。宿の主《あるじ》の話しは荒唐無稽ではある。しかし、地元の言葉の中には、庶民がもつ聖徳太子や弘法大師への信仰があり、丸山古墳の石室の大きさ、深さに対する地元民の感嘆や誇りも含まれている。そんな思いで、もう一つ踏み込めば、畝傍山などの情報も手にすることができただろう。惜しむべきである。

懿徳天皇の御陵

十二日。三瀬をいでて、北へすこし行きて、左の方へ三町ばかりいれば久米の里にて、久米寺あり。今もよろしき寺なり。されど古《いにしへ》の所はこの西にて、こゝはそのかみ塔のありし跡なりと、法師はいひつ。

うねび山、北の方にまぢかく見ゆ、ふる言《こと》思ひ出られて

玉だすきうねびの山はみづ山と　今もやまとに山さびいます【万葉一長歌に「うねびの此みづ山は日のよこの大御門にみづ山と山さびいます」云々】。

此の山のかたへつきたる道を、おしあてにゆきて、すこし西へまがれば、畝火《うねび》村あり。すなはち山のたつみの麓《ふもと》なり。此のむらにいらんとするところの、半町ばかり右の方に、ちひさき森有りて、中に社もたてるは、懿徳天皇《いとくてんのう》の御陵といふなれど、そは此の山の南、まなごの谷の上とあるにあはず。また御陵のさまにもあらねば、かた〳〵いぶかしさに、村の翁《おきな》にそのよしいひて、くはしくたづねければ、げにさる事なれど、まことのみさゝきは、さだかにしれざる故に、今はかの森をさ申すなりとぞ答《こた》へける。

畝火《うねび》村の北に小さな森があり、社も立っていた。ここを第四代天皇、懿徳《いとく》天皇の御陵という。村の翁《おきな》に聞くと、「まことの陵は定かに知れざる故に、今はかの森を申すなり」と答える。場所は、いまでいうイトクの森であり、池田神社のことである。

宣長が知る『記紀』、『延喜式』によれば、懿徳天皇陵は畝傍山の南のまなごの谷の上でなければならない。場所が異なるのである。地元の翁も言葉に自信がない。翁が混乱する理由がある。

陵を管理してきた歴史がある。平安時代中期、『延喜式』に御陵は定められている。祭祀が行われ、陵は管理されていた。しかし、時の経過とともに陵の実態が失われ、その場所も分からなくなっている。保存のための調査を江戸幕府が行った。その最初の試みが元禄十年（一六九七）の山陵調査である。

懿徳天皇陵もその対象となった。奉行所の問いあわせにたいして、村は「懿徳御宮」と「畝傍山のまなご谷の長山」の二カ所を候補地としてあげた。長山は平らな頂もあり堀切もあるが、「陵としての申し伝えが無い」と回答した。

奉行所はこれを検討、さらに調査を行い懿徳天皇の御陵は「御宮」と指定し、四十五間の垣根を巡らした。絵図も残っている。この場所が、現在のイトクノの森である。

こんな経過があるために、『記紀式』に基く宣長と、地元の翁の認識には差が生まれた。

うねび山

橿原宮《かしばらのみや》は、【畝火山の東南橿原宮は神武天皇の都】このわたりにぞ有りつらんと思ひて。

うねびやま見ればかしこしかしばらの　ひじりの御世の大宮どころ

今かしばらてふ名は残《のこ》らぬかと問《と》へば、さいふ村は、これより一里あまり西南《にしみなみ》の方にこそ侍れ、このちかき所にはきゝ侍らずといふ。

さて此の山を、今は慈明寺《じみようじ》山といふとかや。されどうねび山ともいはぬにはあらず、それもなべてひ文字《もじ》を清《すみ》てなんいふめる。又此のほとりの里人は、御峯《おみね》山といひて、いかなるよしにか、峯《みね》に神功皇后の御社《みやしろ》のおはするとか、かのじんにくんが語《かた》りしは、此の御事《おんこと》なりけり。

さてそこへは、此のうねび村よりのぼる道ありて、五丁ばかりときけば、いざのぼらんといへど、日ごろの山路《やまじ》に困《こう》じたる人々は、いでやことなることもなかめる物から、足《あし》つからさんも益《やく》なしとて、すゝまねば、えしひても誘《いさな》はずなりぬ。

かくて此の村を西へとほり、山の南の尾《お》をこえて、下《くだ》れば、あなたは吉田村なり。此のあひだの道の左に、まなご山まさごの池などいふ名、今もありて、池は水あせて、そのかたのみ残れりとぞ。かの威徳《いとく》天皇の御陵は、そのわたりなるべきを、知《し》られぬこそいとくちをしけれ。

「うねびやま見ればかしこしかしばらの　ひじりの御世の大宮どころ」と宣長は歌う。「畝火の山の橿原の　日知《ひじり》の宮ゆ　生まれしし」（巻一・二十九）の人麻呂の歌を念頭に置いて、神武天皇が治めた大宮があったところだと、感慨はひとしおである。

『記紀式』（古事記・日本書紀・延喜式）は畝傍山の稜線に神武天皇、綏靖天皇、安寧天皇、懿徳天皇の初代から四代の御陵がおかれたと記した。

「畝傍山は、香具山と比べて、現実世界に近い山としてあらわされてきている。すなわち、前者が神代巻で、天岩戸や泣沢女神と関連して出てきたのに対して、後者はよく知られているように、神武天皇がこの山の東南の地で位に即いたとする、建国に関する人間世界の歴史的舞台として示されている」と、大和三山の神格の差を池田源太は明らかにしている。

この畝傍山に「さあ登ろう」という場面である。「懿徳天皇の御陵」（現在のイトクの森古墳）の前に畝傍山の登山道があるが、当時も同じ状態だったかもしれない。「いざのぼらんといへど。日ごろの山路《やまじ》に困《こう》じたる人々は。いでやことなることもなかめる物から。足《あし》つからさんも益《やく》なしとて。すゝまねば。えしひても誘《いさな》はずなりぬ。」

宿を出たばかりである。今日もこれから八里（三〇キロメートル）あまりは歩こうという計画である。「五町ばかり」と言っても、山登りは山登り。「どの山も同じだ、朝から足を疲れさせるのは益がない」

との論に押されて、畝傍山の登拝は諦めることになった。何とも言えないほほ笑ましいやり取りだが、ここは畝傍山の山頂に立ってほしかったところである。

「むかしは畝火の山腹にあり、今、山の頂気に遷す。祭る所神功皇后にてまします。畝火明神となづく」と『大和名所図会』は畝火山口坐神社を解説する。神社によれば、かっては「畝火山神功社と呼ばれてきた」とのことで、三瀬の宿の主が言っていた「じんにくん」は、地元の普通の呼び方だったとも思われる。宣長は「此の御事なりけり」で納得するが、宿の主を「じんにくん」とからかった事に、反省の思いも少しは浮かんだことだろうか。

かくして、一行は畝傍山の南の裾を西にすすみ、まなご山、まさごの池に足を速めた。

宣長は「いとく天皇の御陵はこのあたり」と推量するが、答えは無かった。「世に知られぬこそくちおしけれ」と、無念の思いである。

豪家のみをさきに立て、民の煩いは多くて

さて吉田村にて、例の翁《おきな》かたらひ出でて、御陰《みほと》井上《いのうえの》御陵(安寧天皇)をたづぬるに、この翁は、あるが中にもなべての御陵の御事《おんこと》を、よく知《し》りをりて、こまかにかたる。

近き世に江戸より、御陵どもたづねさせ給ふ事はじまりて後《のち》、大かた廿年《はたとせ》ばかりに一度は、かならずかの仰事《おおせごと》にて、京よりその人々あまた下《くだ》りきて、その里々にとゞまりゐて、くはしく尋ねしたゝめつゝ、しるしの札《ふだ》たてさせ、めぐりに垣《かき》ゆはせなどせらるゝ事ありとなん。ふりにし御跡《みあと》のうせゆきなん事を、かしこみ給ひて、さばかりたづね奉り給ふは、いともありがたき御《おん》おきてなるを、下《しも》ざまなる人どもは、心もなく、それにつけても、たゞ豪家《がうけ》をのみさきに立《たて》つ、うろふるまふ故に、御陵《みささぎ》のある里は、ことなる民《たみ》のわづらひ多くて、その益《しるし》とては、つゆ無ければ、いづこにも是《これ》をからき事にして、たしかにあるを殊更《ことさら》にかくして此里《このさと》にはすべてさる所侍らずと、やうに申しなす類《たぐひ》もあめりとぞ。さてはいよ〳〵うづもれ行《ゆ》くめれば、なか〳〵に御陵《みささぎ》の御《おん》ためにも、いと心うきわざにて、たづねさせ給ふ本《もと》の御心《みこころ》ざしにも、いたくそむける事ならずや。いさゝかにても、その里にはけぢめを見せて、御《おん》めぐみのすぢあらんにこそ、民《たみ》どもも悦《よろこ》びて、いよ〳〵やむごとなき物に、守り奉るやうは有りぬべきわざなめれ。又かの並河《なびか》がたづね奉りしをりの事をも

かたりき。

ここは幕府、奉行所の御陵の改め、調査に対する村の長老の言葉を丁寧に紹介している。『菅笠日記』、本文を見ていただきたいところだが、意は以下のとおりである。

「江戸の指示で御陵の事が調査されて以降、およそ二十年ごとに調べがある。京より多くの役人がやって来て、里々に留まり、詳しく調査している。陵に標識を立てさせ、垣を周りに結わせている。古代の御跡が失せぬように調べることは、ありがたきことだが、下々の者はその心がない。それにつけても、豪家のみを立てて調査をすすめるやり方で、御陵のある里の民は煩しいことばかりで益が全くない。いづれの里も面倒であるとして、確かにあることも隠して、『この里にはそういうものはない』、『そういう言い伝えはない』と言い立てる。これでは、すべてが埋もれていく。これは御陵《みささぎ》の為にも、良いことではなく、調査のために尋ねまわる趣旨にも合わない。里にきちんと代償も示せば、民も喜び、貴重なものとして、御守りすることになるのではないか。」

生々しい村の声である。

江戸時代から、陵や遺跡の調査、保存にも利害関係が複雑に入り組んでいた。

翁、陵と古墳の歴史を語る

さて此の里中の道のほとりに、御陰井《みほとゐ》といふ今もあり。かたのごと水も有りて、たゞよのつねの小《ちひさ》き井なり。御陵は、此の井より一町あまりいぬゐの方にて、すなはち畝火《うねび》山の西のふもとにつきたる高き岡にて、松などまばらに生《おひ》たり。かしこけれど、登《のぼ》りて見るに、こゝにをさめ奉りつらんと思はるゝ所は、円《まろ》に大きなる丘《をか》にて、又その前とおぼしき方へ、いと長く築《つ》き出《いだ》したる所あり。そこはやゝ降《さが》りて、細《ほそ》くなんある。

かの翁こゝまであないし来《き》たりて、かたりけるは、すべていづこのも、古《いにしへ》のみさゝぎは、皆《みな》かうやうに作りし物なるを、岩屋などの侍るもあるは、うへの土のくづれ落ちて、なかなるかまへのあらはれたる也、とかたるを聞《き》くに、かの安倍《あべ》のおくなりし岩屋のさまなど、げにと思ひあはせぬ。かの口より奥へやゝ入るほどは、このまへに長く築《つ》きたる所なりけり。又いづれにも、昔《むかし》はめぐりにから池《ほり》の有りつる。七十年《としななそぢ》ばかりあなた迄は、これにも侍りし也、といふを見るに、今はめぐりは、畠《はたけ》又は篁《たかむら》などになりて、さるさまもさらに見えず。此のたかむらなんそのなごりと、このおきなは言《い》ひけり。御山は今も全《まった》くて、有りしまゝと見えたり。

そもそも御陵の御事《おんこと》をしも、などかくものぐるほしき迄、たづねまどひありきて、くはしうは書《か》き記《しる》せるぞと、とがめん人もありなめど、末の代《よ》まで、いと〳〵上《あが》りての代《よ》の物の、まさしくこれよとて残《のこ》れるは、これより外《ほか》に有りなんや。ことにこのうねび山なるどもは、あるが中にもふるく、それとたしかにはたあなれば、としごろ心《こゝろ》にかけつゝ、いかでくはしくまうでて見奉らんと、ゆかしく思ひわたりつる物をや、されどいづこなるもたゞ同じさまにて、珍《めづら》しげもなく、何の見るめしなき所々なれば、たゞおのがやうに古《いにしへ》をしのぶ、世のひがものならでは、わざとたづねて見ん物とも思ふまじければ、あなあぢきなの物あつかひやと、世《よ》の人のおもふらんも、さりぬべき事なりかし。

御陰井《みほどのい》の陵名は、御陵の南、吉田の集落に残る御陰井から取られている。井戸は現存しており、宮内庁により管理されている。

『高市郡志料』は畝傍山周辺の八井を記している。「大谷氏所蔵畝傍山古図を案するに畝火の周辺に八井あり、白樫井・花原井・清水井・うし井・若井・御陰井・大谷井・大井是なり。神武帝の皇子に神八井耳命（畝火山北陵に葬り奉れる）あり、蓋し此の八井に因めるならん。」

いわゆる欠史八代の天皇である。実在性については各論があるが、『記紀式』に陵は明示されており、その時代に祀られていたことは間違いない。

地元の翁は、安寧天皇の陵の上まで案内してきて、思いを語った。

「古い陵はいづこもこのように作られた。岩屋などがあるものは、上の土が崩れて中の岩屋（石室）があらわれたものである」と聞けば、安倍の岩屋の姿も思い出されて宣長も納得する。

「昔はいづれの御陵も、周りに空堀があった。七十年ばかり前は、ここも同じだ」と語る。それを聞き、見渡してみても周囲は畠や竹やぶになっていて、そのようにも見えない。しかし、翁は「この竹やぶがその名残」という。

そもそも御陵の事を、なぜこのように執念をもって訪れ、詳しく書き残すか。不審を持つ人もいるかもしれない。

今の時代に、上代のものが「まさしくこれ」と残っているものは、塚、陵《みささぎ》以外にあるだろうか。畝傍山の周辺のものは、とくに古くて確かなものであるから、長年の間、心にかけてきたもので、詳しく拝見しようと思いを募らせてきたところである。

しかし、御陵はどれも同じ形で珍しくもなく、見どころもない。私のように歴史を考えるものでなければ、わざわざ見るために訪れることもないだろう。変わり者だと世の人は思うだろうけど、それはその通りで返す言葉もない。

かいつまんだ話となったが、こんなやり取りが陵の上でなされた。

発掘とか、出土した諸資料を研究する考古学がない時代は、埋もれた宮や遺跡は解明できなかった。宣長は陵・古墳の形を見て、登れるところは登って、『記紀式』に照らし合わせて古代の歴史を考えた。

「末の代まで。いといと上りての代の物の、まさしくこれとて残れるは、これより外に有りなんや。」という宣長の言葉の重さを、ここは感じ取りたいところである。

御陰井（橿原市吉田町）

綏靖天皇の御陵、里人はすゐぜい塚とぞいふ

さてよし田村をいでて、北ざまに物して、大谷村といふを過ぎ、慈明寺村に入らんとする所の右のかた、山もとに寺ある、まへの岡のうへに、大きなる塚《つか》のかたちの見えたるは、綏靖《すいぜヰ》天皇の御陵《みささき》にて、里人はすゐぜい塚《づか》とぞいふなる。畝火山《うねびやま》のいぬゐの麓《ふもと》につきて、これも高き岡なる、例ののぼりて見れば、御陵のさまも、吉田なるともはら同じ事なり。

すゐぜい塚、通称スイセン塚古墳という。畝傍山の西北、急峻の麓がなだらかとなる稜線に築かれている。山側（東）に後円墳、盆地側（西側）に前方部がおかれ、北方からの威容が強調されている。全長七一メートル、後円部径四六メートル、高さは後円部で六メートルあり墳頂には陥没したようなくぼ地が残されている。後円部が平坦で前方部が細く長い墳形からみて三〜四世紀に築造されたとみられる。

埴輪、葺石は出土していない。

『大和志』は、この古墳を綏靖天皇の桃花鳥田《つきだ》丘上陵にあてている。宣長も「綏靖《すいぜヰ》天皇の御陵《みささぎ》に」登り、吉田村の陵と同じ姿と感想を述べた。

神が降臨する神奈備山の三輪山や天香具山には古墳は築かれなかった。ところが神奈備山の畝傍山だけは東麓にイトクの森古墳、西麓にスイセン塚古墳が築かれた。その差を知りたいところだ。河上邦彦が、この事を『大和の古墳を語る』で書いた。「二つの古墳がなぜ畝傍山に存在するのか……畝傍山が神奈備山とされた時期が他のものより遅れたのか、あるいはこの二つの古墳が他の地域の古墳よりも神性の強い意味のあるものか、いずれかであり、奈良県下でも注目すべき古墳である」とする。

畝傍山が天香具山、耳成山と異なり古墳を持つ理由は、いまだ不明である。

明治十一年(一八七八)に四条の現陵が、綏靖天皇陵に治定される。すゐぜい塚は陵墓の枠から離れた。現在はスイセン塚古墳と通称され、国有林として管理されている。深い竹やぶの中の古墳だが、竹は伐採されており前方後円墳の墳形は明瞭に見て取れる。

スイセン塚古墳。周濠(北側)

神武天皇の御陵

東のかたのふもとに、山本村といふ見ゆ。慈明寺村は、この岡の北につゞけり。やゝはなれて又北のかたに、四条村といふあり。この四条村の一町ばかり東、うねび山よりは五六町もはなれて、丑寅《うしとら》のかたにあたれる田の中に、松一もと桜ひと本おひて、わづかに三四尺ばかりの高さなる、ちひさき塚《つか》のあるを、神武天皇の御陵と申しつたへたり。されどこれは、更《さら》にみさゝぎのさまとはみえず。

又かの御陵は、かしの尾上《おのへ》と古事記にある(畝傍山北方白檮尾上)を、こゝははるかに山をば離《はな》れて、さいふべき所にもあらぬうへに、綏靖安寧《すいぜいあんねい》などの御《おほん》は、さばかり高く大きなるに、これのみ斯《か》くかりそめなるべきにもあらず、かた〴〵心得がたし。

それにつきてつら〳〵思ふに、かの綏靖天皇の御《おほん》と申すぞ、まことには神武天皇の御《おほん》なるべきを、成務《せいむ》天皇と神功皇后の御陵の、まがひつるためしなど、いにしへだになきにしもあらざれば、これもてたがへて、昔より綏靖とは申しつたへつるにや。さ思ふゆゑは、まづ此の山のほとりなる御陵どもは、いづれもうねび山のそこの陵《みさゞき》とあなれば、この綏靖の御《おほん》も、今いふ所ならば、必ずさあるべきを、いづれの書《ふみ》にも、これはたゞ桃花鳥田丘上《つきだのおかのうえ》とのみあるは、此の山のあたりにはあらで、神名帳に、調田坐神社《つきだにますかみのやしろ》とある地《ところ》なるべきか。それは葛下郡《かづらきのしものこおり》なるを、この御陵は高市郡《たけろのこほり》と見えたれば、たがへるやうなれど、この郡どもはならびたれば、さかひろかき所々《ところどころ》は、古の書《ふみ》どもにも、郡《こほり》のかはれる例《ためし》おほかればさはりなし。されどこれは、このつきだといふ所をよく尋ねて後《のち》に、さだむべき事なり。又神武の御《おほん》は、山の東北と、日本紀(畝火山東北陵)にも延喜式にもあるを、かのするぜい塚は、西北にしもあなれば、うたがひ無《な》きにあらねども、古事記には山の北のかたと見え、又かの御陰井上《みほとゐのうへ》の御陵は、山の西なるを、日本紀には南といへるたがひもあれば、必ず東北とあるになづむべきにもあらざらんか。後の人なほよくたづねて定《さだ》めてよ。

『日記』、この項は三つのパラグラフに分けて考えてみる。

第一のパラグラフ。慈明寺村から東に折れ山本村に入る。ここで神武天皇陵を展望した。畝傍山の北に山本村、さらに離れて四条村がみえる。この四条村の田の中に松一本、桜一本が植えられた小さな塚があり、それを神武天皇陵だという。

第二のテーマ。古事記が述べる「畝火山北方白樫尾上《かしのおのえ》に在り」からみると、山からは離れすぎている。今見てきた綏靖、安寧陵と比べても規模がちがう。「かたがた心得がたし」と御陵とは認めたくない。

第三のパラグラフでは、「これは綏靖天皇の陵ではないか」、「先ほど訪れたスイゼ井塚が神武天皇陵ではないだろうか」と考えた。これに力を入れて、宣長は文章を重ねた。しかし、この論は当時も支持されず、後日、宣長自身が撤回している。

さて、神武天皇陵を、『古事記』は「御陵は畝火山の北の白樫尾上《かしのおのえ》に在り」とし、『日本書紀』は「畝傍山東北陵に葬りまつる」とある。『延喜式』は「畝傍山東北陵　大和高市郡に在り、兆域東西一町、南北二町」と記している。

これを解釈して、「神武田説」（現在の神武天皇陵）、「塚山説」（現在の綏靖天皇陵）、「丸山説」（畝傍山稜線）の三説が生まれ、江戸時代を通して論じられた。

今では、地形が大きく改変され、この三説、三ケ所は地図上でも、現地に行ってもわかりにくい。幸い、この論争にも参加している津久井清影が図面を残した。これが『聖蹟図誌』で、そのうち「畝傍山西北面之図」に図示されている。

当初は「神武田説」が優勢であった。『和州巡覧記』で貝原益軒は、「神武の陵はうねび山の艮に在。今はわづかに残れり。田の中に有。里人は神武田《じんぶでん》と云。大久保村、四条村の辺なり」と記した。

これが、「元禄の修陵」で変えられる。

「覚」が村から奉行所に出される。「字塚山　御陵　但神武天皇御廟之由村人申伝候」とあり、「東西十五間五尺　南北二十四間五尺　高さ北に六尺五寸」「畝傍山より東北に當り、道法八町四条村より二町」とし、「高市郡四條村庄屋九兵衛、同年寄作兵衛。同郡四條村之内小泉堂村庄兵衛、同年寄勘兵衛」と署名されている。これは、現在の綏靖天皇陵の場所である。神武天皇陵候補地は、正式に神武田から塚山に変更された。

しかし、宣長が聞いたのは「神武田説」で、神武天皇陵の所在地は錯綜していた。

幕末の文久の修陵で、正式に神武天皇陵は神武田にもどり、その後、初代天皇陵にふさわしく整備された。

この間に「丸山説」も提起されている。「畝火山の北の白樫尾上《かしのおのえ》」に注目して、畝傍山の東北の稜線が注目された。神武天皇陵が現在地に整備されたのちも、「神武天皇陵は丸山」と信ずる人を、今も聞くことがある。

神武天皇陵は『古事記』『日本書紀』『延喜式』などに記録されている。その時代には祭祀が行われていた事は間違いない。壬申の乱のおりには、神の言葉に従い、戦勝を祈って神武天皇陵に参拝し馬と武器を奉っている。その場所が、「神武田」といわれた現在の神武陵なのか、今は綏靖天皇陵となっている「塚山」なのか、それとも畝傍山中の「丸山」か、その事を宣長は考えたのである。

八木にて、しばしやすみて物くう

さてこの四條村より二三町ゆけば、今井とて大きなる里なり。この今井の町中《まちなか》をとほりて、すこしはなれ行《ゆ》きて、八木《やぎ》にいたる。こゝにしばしやすみて物くふ。このごろは日いとよく晴れて、ちりばかり心にかゝる雲もなかりしに、よべよりうちくもりて、今朝《けさ》は雨もふりぬべきけしきなりければ、宿をいでゝも、空をのみ見つゝ来《こ》しを、やう〳〵に雲も晴れゆきて、うねび山めぐりし程より、又よき日になりぬれば、たれも〳〵もいとこゝろよし。

當麻《たいま》龍田《たつた》奈良《なら》などへゆかんには、こゝより物すべきを、いかゞせんといひあはすに、よきついでなればとて、ゆかまほしがる人おほかれど、かの所々は、またも〳〵来《き》つべし、このたびはわれらはやむごとなき事しあれば、一日《ひとひ》もとくかへりぬべき也と、いふ人もあるにひかれて、みなえ行《ゆ》かずなりぬ。さるは旅のならひとて、たれも故里いそぐ心は有りながら、なほいと口惜《くちをし》くなん。

今井を過ぎて、八木でしばしやすみて物くう。

ここでスケジュールを相談する。前後の文脈から見れば、松坂へ帰路一路と決まっていたものと思われるが、「四方往返」の八木の辻に立てば、あれも行きたい、これも見たいと思うのも無理はない。

『菅笠日記』の後に発行されたものではあるが、『西国三十三所名所絵図』が八木札辻を、軽やかに、楽しく紹介している。

八木札街《やぎふだのつぢ》
八木の町の札の辻は、東は桜井より
泊瀬《はつせ》にいたる街道南は岡寺高取
吉野などの道すじ西は高田より
竹内當麻への往還北は田原本より
奈良郡山への通路にして四方
往返の十字街なれば晴雨暑寒を
いとはず平生に旅人間断なく
至って賑はし毎朝《まいちょう》札場の傍らに
おいて魚市あり。この辺いづれも
旅籠屋にて家作《やづくり》ひろく
端麗《きらびやか》なれば伊勢参宮の陽気連《ようきづれ》
籠をつれたる大和巡り両掛《りょうがけ》もたせし
西国巡礼なんど日の高きを言はずして
ここに宿る所謂《いはゆる》近隣においての
繁華なり

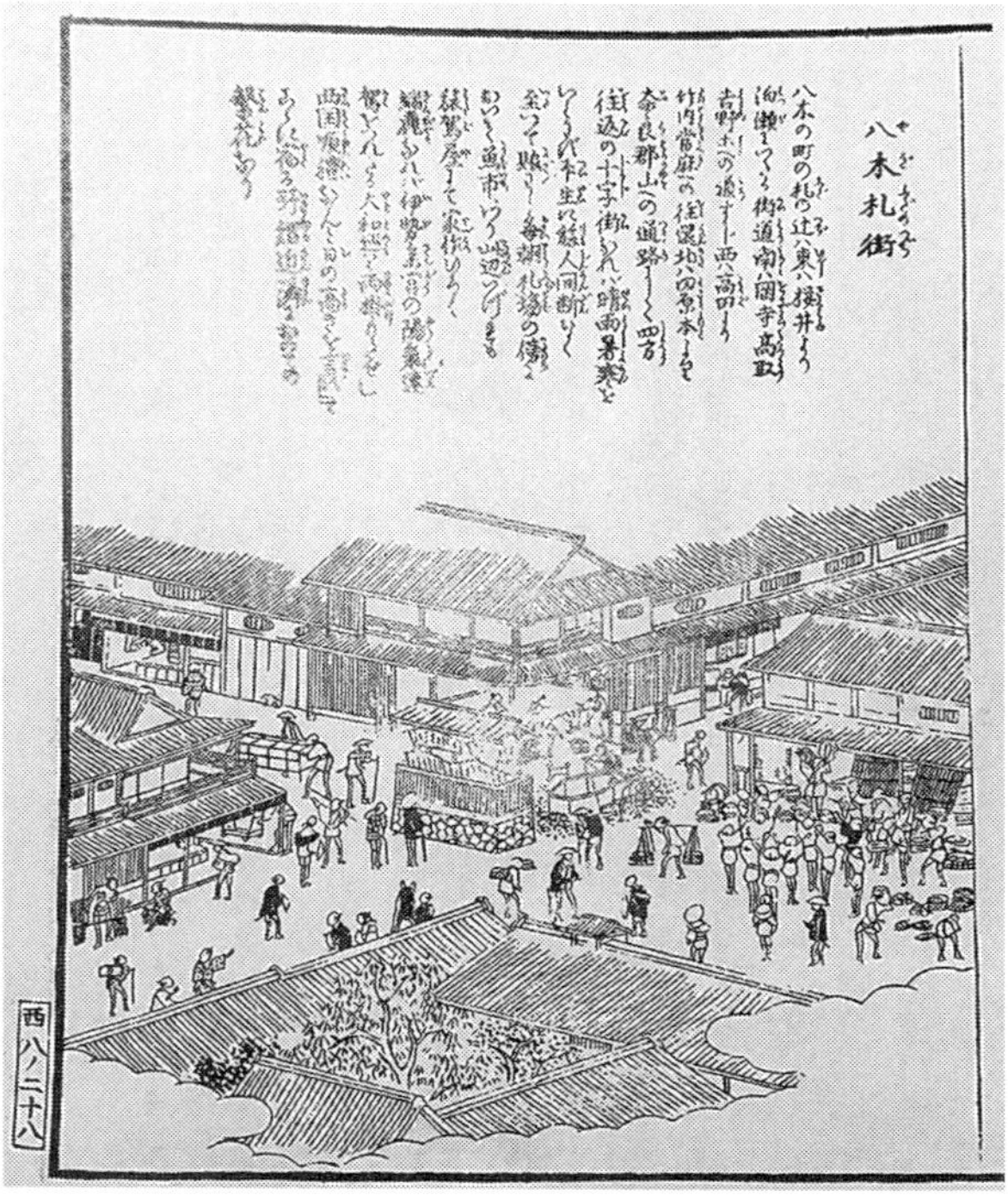

八木札街『西国三十三所名所図会』桜井市立図書館蔵

大和三山と耳成山

八木を東へいでて、四五町ゆけば、耳成山《みみなしやま》は、道より二町ばかり北なり。畝火山《うねびやま》と香山《かぐやま》と此の山とは、国中《くになか》にはなれ出でて、あひむかひたる、いづれもこと山へはつゞかぬを、かの二ッは、なほほとりの山にもやゝちかく見ゆるに、此の山はことにとほくのきて、こと山にはいさゝかもつゞきたる所なんなき。

さて三ッの山いづれも、いとしも高くはあらぬ中に、此の山はやゝ高く、香山《かぐやま》はことにひきくて、うねびぞ中には高かりける。又そのあひだをくらべ見るに、此の山よりうねびは近く、次《つぎ》にはかぐ山ちかくて、うねびとかぐ山の間《あひだ》ぞ、中には遠かりける。いにしへこの三ッ山の妻あらそひ（万葉一）とて、うねびと耳成《みみなし》は男山《おやま》にて、香山《かぐやま》の女山《めやま》なるを、あらそひ聘《よば》ひける。古事《ふるごと》の有りしは、今見るにも、まことに二ッの山は雄々《をゝ》しく、かぐ山は女《をんな》しき山のすがたにぞ有りける。此のみゝなし山、今は天神山ともいひて、その社ありとぞ。

さもこそはねぎこときかぬ神ならめ　耳なし山にやしろさだめて

かの鬘児が身なげけん、耳成《みみなし》の池も、此のわたりにや有りけん。今も道のべに池はあれど、

いにしへのそれかあらぬか耳なしの　池はとふともしらじとぞ思ふ

飛鳥、藤原の時代の故地を去るにあたり、そのタイミングで宣長は大和三山を取りあげた。

まずは三山の位置関係とその山容を解く。耳成山はやや高く、香具山はことに低く、畝傍山は高いという。

これを確かめてみよう。海抜で畝傍山が一九八メートル、香具山が一四七メートル、耳成山は一三九メートルで宣長の見た目とは高さは違っていた。しかし、見た目というのも難しいもので、「耳成山は香具山より高く見える」は、感想としては一般的だ。山の形がまず異なる、それから麓から山頂までの比高が問題ではないかと思う。三山の比高を確かめてみると、畝傍山は一三〇メートル、耳成山は八〇メートルで香具山は七三メートルである。山麓の高さが違っていた。天香具山の山麓は耳成山と比べて、海抜で十五メートルも高いのである。この大和三山の比高の事は、阿蘇瑞枝の『万葉集全歌講義』（第一巻）を参考にした。

見た目も大事だった。

宣長は「三ッ山（万葉一）の妻あらそひ」を取り上げる。「畝傍と耳成は男山にて、女山の香具山を争いたる」とし、「今見るにも。まことに二ッの山は雄々しく、香具山は女らしき山のすがた」と書き記した。

三山の妻争いの伝説だが、この関係に諸説ある。

宣長は女が香具山、男は畝傍山、男は耳成山としたが、香具山は女で、男の畝傍山を女の耳成山と争ったとか、男の香具山が女である畝傍山を、男である耳成山と争った、などである。

奈良まほろぼソムリエの会が著《あらわ》した『奈良万葉の旅百首』では、この歌を米谷潔が執筆している。米谷は原文に注目する。第二句目の「雲根火雄男志等」は区切る場所により「雄々しい」か「を愛し」かの解釈に分かれる。「雄々し」なら畝傍は男山、「を愛し」と読むと畝傍は女山である。米谷は「中大兄の歌なら自分を主語として詠むのが自然であり、『香具山(中大兄)が畝傍山(額田王)を愛し』と自らの思いを歌ったもの」とみて、香具山は男、畝傍山は女、耳成山を男とした。聞きやすい論理である。

どの山を男か女かを論ずるのは俗との論もある。上野誠は「よく三山妻争いは、額田王(女)をめぐる大海人皇子、中大兄皇子の三角関係を歌った作であると説明される。しかし、これは俗論である。古代における恋愛関係は、単純ではない。それにこの歌は、あくまでも三山の伝説を歌った歌である」と、『万葉手帳』で述べ、どの山が男か女かは問わないという。これもありであろう。

続けて、上野は山容で男女を問う論もあるが「畝傍山は、藤原側から見るのと飛鳥側から見るとのでは、その姿がまるで違う。飛鳥側から見ると山裾が広く見え、藤原側から見ると、おにぎり型に見える」と指摘しており、見る場所により異なるなら、「山の姿や稜線で男女を見ない」は当然の帰結である。

池田源太は大和三山の出現順を『古事記』『日本書紀』などによって、検討している。天香具山は天照大御神の天の岩戸で出現、畝傍山は神武天皇の即位で現れる。最後に出てくるのは耳成山で「允恭四二年紀」によれば、天皇の死去、新羅の弔使の来朝、その帰途に琴引き坂にて、「うねめはや、みみはや」と詠嘆したのが初見という。この出現順が古代人から見ての三山の神格性をあらわしていると言う。

三山にはそれぞれ池があったことも特筆される。香具山の埴安池は藤原京の時代に有名であったが、畝傍山にも、『推古二一年紀』に畝傍池が作られている。耳成山も南に池が作られた。

耳成山には現在も池がある。古池の西側に新池を添加して大きくなっている。耳成の池も変遷している。宣長は、「今も道の辺に池はあれど」と書き、「昔の耳成の池かどうか。耳の無い池は答えてくれないだろう」と歌って、大和三山を後にする。

第六章　伊勢本街道を松坂へ

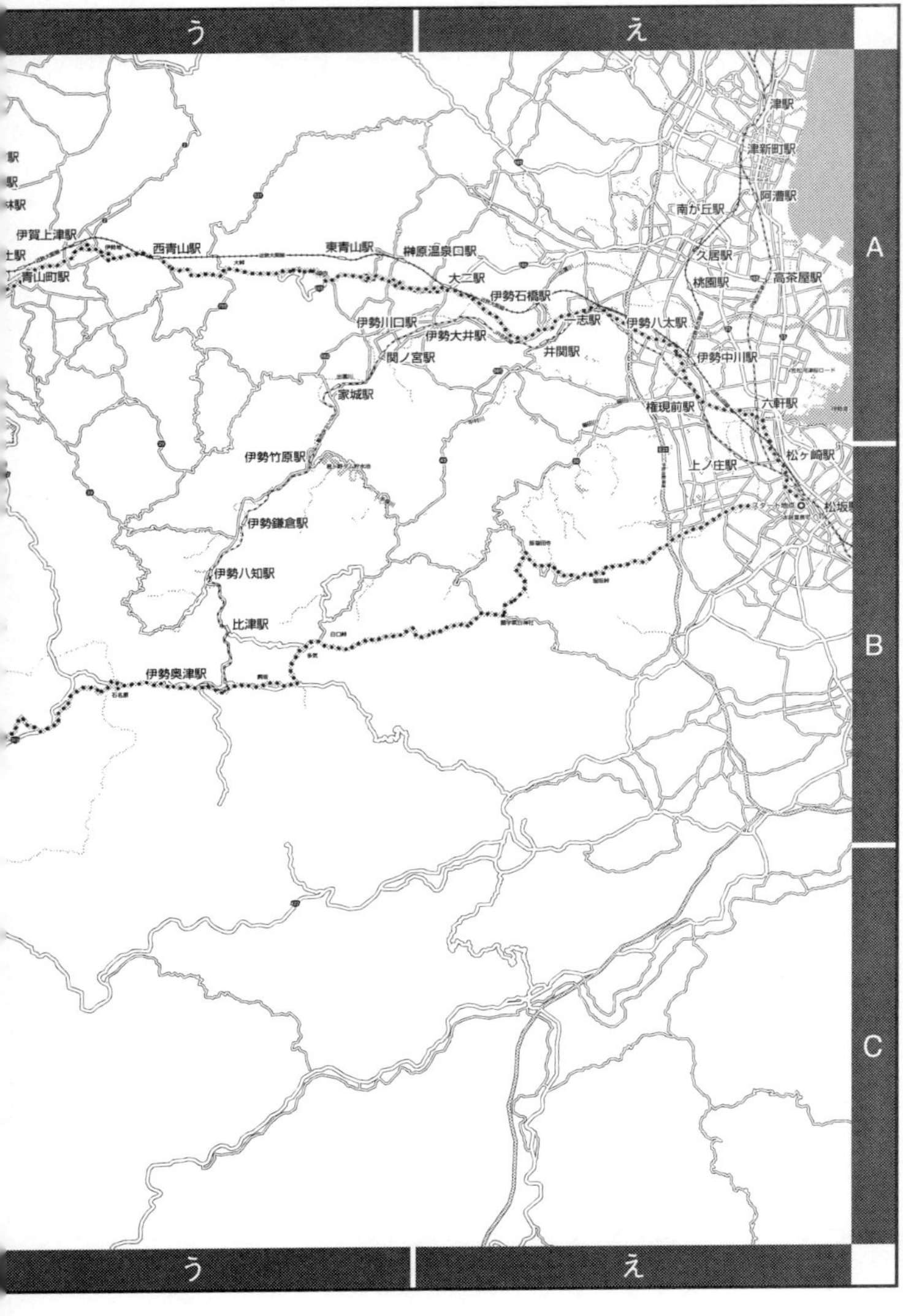
う
え
A
B
C
津駅
津新町駅
阿漕駅
南が丘駅
伊賀上津駅
西青山駅
東青山駅
榊原温泉口駅
久居駅
青山町駅
大二駅
桃園駅
高茶屋駅
伊勢石橋駅
伊勢川口駅
一志駅
伊勢八太駅
伊勢大井駅
関ノ宮駅
井関駅
伊勢中川駅
家城駅
権現前駅
六軒駅
伊勢竹原駅
松ヶ崎駅
上ノ庄駅
スタート地点
伊勢鎌倉駅
伊勢八知駅
比津駅
伊勢奥津駅
石名原

三輪〜伊勢本街道〜松坂

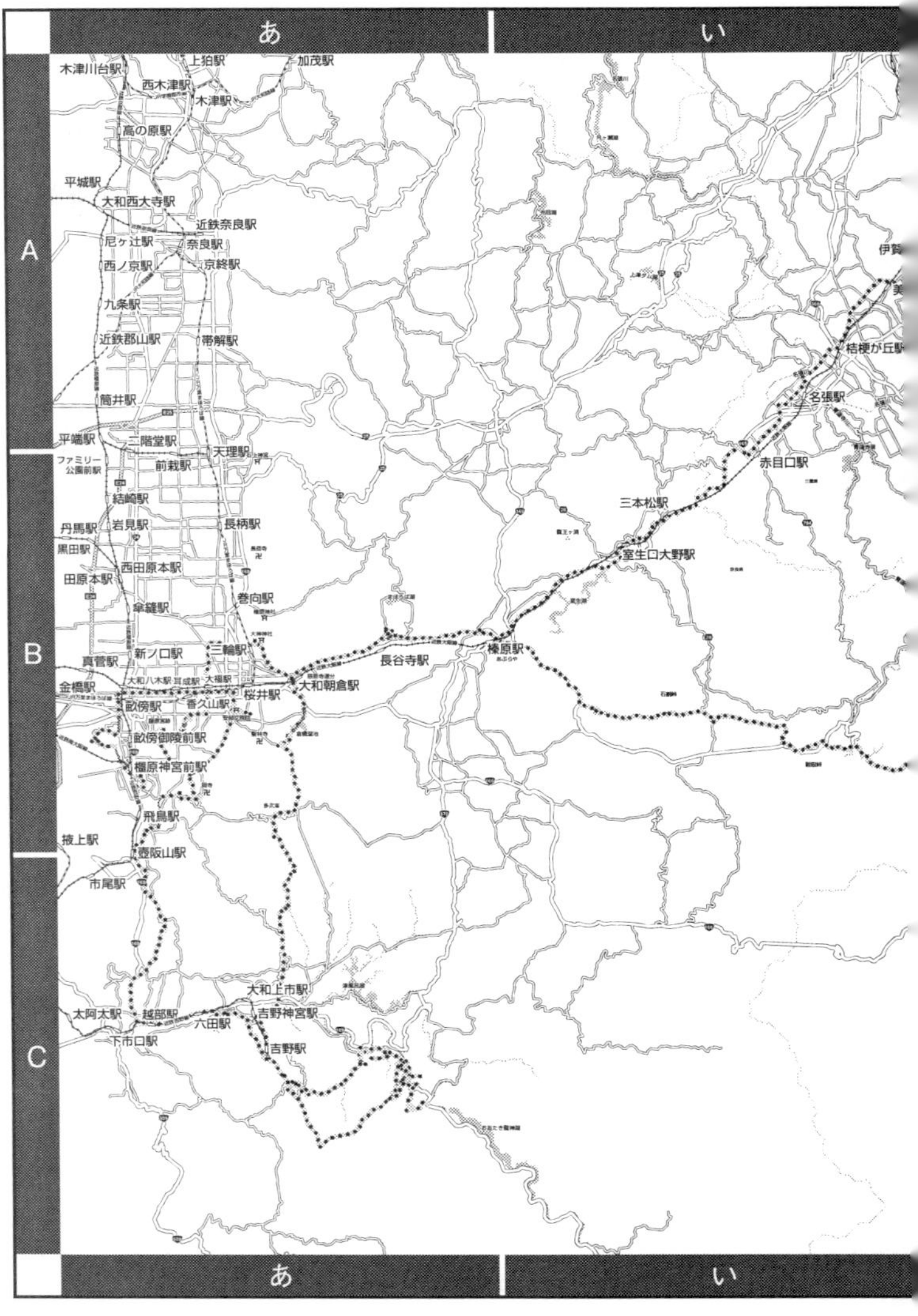
あ
い
A
B
C
木津川台駅
上狛駅
加茂駅
西木津駅
木津駅
高の原駅
平城駅
大和西大寺駅
近鉄奈良駅
尼ヶ辻駅
奈良駅
西ノ京駅
京終駅
九条駅
近鉄郡山駅
帯解駅
筒井駅
平端駅
二階堂駅
天理駅
ファミリー公園前駅
前栽駅
結崎駅
丹馬駅
岩見駅
長柄駅
黒田駅
西田原本駅
田原本駅
巻向駅
傘縫駅
三輪駅
新ノ口駅
真菅駅
大和八木駅
耳成駅
大福駅
大和朝倉駅
金橋駅
畝傍駅
香久山駅
桜井駅
畝傍御陵前駅
橿原神宮前駅
飛鳥駅
掖上駅
壺阪山駅
市尾駅
大和上市駅
太阿太駅
越部駅
六田駅
吉野神宮駅
下市口駅
吉野駅
長谷寺駅
榛原駅
室生口大野駅
三本松駅
赤目口駅
名張駅
桔梗が丘駅
伊賀
美

大御輪寺と十一面観音菩薩

さて三輪の社にまうでんとすれば、やゝ行きて、きのふ別れし地蔵の堂あるゝまたより、北の道にをれゆくほど、奈良のかたを思ひて、ながめやりたるそなたの里の梢に、桜の一木《ひとき》まじりて咲きけりけるを見て、

思ひやる空は霞の八重ざくら　ならのみやこも今や咲らん

さて行《ゆ》き〳〵て、はつせ川はみわの里のうしろをなん流《なが》れたる。橋を渡りて、かの御社の鳥居のまへにゆきつきぬ。こゝはゆきゝの旅人しげくて、この日ごろの道とは、こよなくにぎはゝしく見ゆ。此の鳥居より、なみ木の松かげの道を、三町ばかり山本へ入りて、左のかたに、だいごりんじとて、文字《もじ》はやがて大御輪《おおみわ》でらとかく寺あり。二王門、三こしの塔なども有りて、堂は十一面観音にて、三輪の若宮と申す神も、同じ堂《だう》のうろ、左のわきにおはします。

大福の地蔵堂を北に折れる。上之庄、新屋敷を過ぎて大泉にて東に折れて三輪に向かった。これらの村はいずれも環濠集落、迷路のような村の中は歩けない。村々をかすめるような橋街道を歩いたのだろう。

北の方に桜が一本、順路からみてこの桜は大泉の集落にあったとみたい。ここで宣長は、奈良の八重桜を思う。

「いにしへの奈良の都の八重桜　けふ九重ににほひぬるかな」は百人一首。伊勢大輔の歌で、『詞花集』(一一四五年)に収録されている。「一条院御時、奈良の八重桜を人の奉りて侍りければ、その花をたまはりて歌よめとおほせければよめる」と情景を示す詞書がある。さらにこの花は『沙石集』(一二七八年)、『徒然草』(一三五〇年)でも触れられる。奈良の八重桜に宣長の思いは募るが、今回は見ることが叶わなかった。

やがて、道は大御輪寺の門前に至る。

三輪の若宮(大御輪寺)の解体修理を行った松田敏行は、「大直禰子《おおたたねこ》神社社殿――『柱筋が違う』おかしさ」と題して、社殿の数奇な歴史を記している。

「最初は太田田根子命を祭るお社として出発したのですが、その後は神仏習合の影響を受けて、太田田根子命とともに仏さまも祭るようになり……大御輪寺《だいごりんじ》となった」と歴史を語り、「明治元年の神仏分離で、大御輪寺は廃寺……大直禰子神社と名前を変えた」と述べている。

お堂は双堂《ならびどう》として造られ、その後にT型となり、今の仏殿の姿に変わるのは室町時代とのことである。双堂とはあまり聞かないが、独立した堂が前後に立つ形だった。前堂は床張りではなく開け放ちだった。奥に後堂、こちらは床もあり扉もあり、縁も設けられている。いまの社の姿からは想像もつかない建物である。村の氏神様の拝殿と本殿のような形であろうか。後堂は神仏を祭る場所だった。

十一面観音菩薩は双堂の時代に祀られた。その後、堂の形は変遷を重ねて現在の姿となるが、十一面観音菩薩とその後に加わった若宮とよばれるご神像は並んで堂の奥に祀られた。その姿を宣長が書き残してくれた。「堂は十一面観音にて。三輪の若宮と申す神も、同じ堂のうち、左の脇におはします」。貴重な証言である。

明治元年（一八六八）、神仏分離令によって大御輪寺は廃寺となり、観音菩薩像とご神像の居場所が無くなった。

十一面観音菩薩像は桜井市下《しも》の聖林寺に移された。

三輪の若宮と申す神は地蔵菩薩と言われ、このご神像は法隆寺に移された。

大御輪寺と聖林寺、法隆寺の北室院の住職は法脈が同じで、兄弟弟子という形で移された。廃仏毀釈の時、仏像を守った人、またその後も守り続けてきた人がいたからこそ、今があることも心に刻みたい。

大神神社。こしげき山を拝みまつる

さてもとの道をなほ一町ばかり入りて、石の階《はし》をいさゝかのぼりて、社《やしろ》の御門《みかど》あり。このわたりに、いと神さび大きなる杉の木の、こゝかしこにたてる、異《こと》ところよりは目《め》とまる、はやくもまうでし事など思ひ出でて

杉の門又すぎがてにたづねきて　かはらぬいろをみわの山本【古今「わがやどは三輪の山もと恋しくばとぶらひきませ杉たてる門」】

神の御殿《みあらか》はなくて、おくなる木しげき山ををがみ奉る。拝殿《はいでん》といふは、いといかめしくめでたきに、ねぎかんなぎなどやうの人々なみゐて、うちふる鈴《すず》の声なども、所からはまして神々《かうがう》しく聞こゆ。

さて本の道にはかへらで、初瀬のかたへたゞにいづる細道あり。山のそはづたひを行きて、金屋《かなや》といふ所にいづ。こはならよりはつせへかよふ大道なり、これよりはつせ川の川べをゆく。磯城嶋《欽明天皇の京》の宮の跡は、このわたりとぞ聞きし、かのとかま山といひし山も、此の道よりは、物にもまぎれず、ゆくさきに高く見えたり。さて桜井のかたよりくる道と、ひとつにあふ所を、追分とぞいふなる。さきには此のわたりよりわかれて、たむのみねの方におもむきしぞかし、又はつせの里をとほり

て、川のはしを渡るとて。

二本のすぎつる道にかへりきて　ふる川のべを又もあひ見つ【古今「はつせ川ふる川のべに二本ある杉年をへて又もあひ見む二本あるすぎ」】

「三輪明神の杉の門をまた訪れた。三輪山の麓に変わらぬ色を見た」と歌った。宣長は京都での遊学を終えた時、松坂への帰路で三輪明神を参拝している。「三輪の里より鳥居を入て、なみ木をへてや、山にのぼる所也。御社は、拝殿あたらしくきれいに見ゆ、みあらかはなくて、たゞ杉ふかくしげりたる御山をさしておかみ奉る」（『在京日記三』）とある。

現在も杉の巨樹に圧倒される。拝殿前、向かって右側に目通り三・五メートル、高さ三十メートルの二又の杉があり、これを巳の杉といい信仰の対象とされている。

宣長が訪れた時の杉の巨樹を想像していただきたい。〆柱の手前、右側には根株だけの「衣掛の杉」が残されているが、こちらは安政四年（一八五七）に落雷を受けたとされている。目通り一〇メートルの巨樹だった。さらに、左手の手水舎の北には「印杉《しるしのすぎ》」と称される巨杉の切株が残されている（大正元年・一九一二年九月二十三日に倒木）。こちらも目通り七メートルもあり、これらの巨樹を宣長は見ている。宣長は「杉の門」と歌ったが、参道にはリアルな「杉の門」が立っていたのである。

萩原の宿

こよひも又萩原《はいばら》の里の、ありし家にやどる。これよりかへるさは、道かへて、まだ見ぬ赤羽根《あかばね》ごえとかいふかたに物せんといひあはせて、ともなるをのこに、かうかうなんといへば、かしらうちふりて、あなおそろし、かの道と申すは、すべてけはしき山をのみ、いくへどもなくこえ侍る中にも、かひ坂ひつ坂など申して、よにいみしき坂どもの侍るに、明日《あす》は雨もふりぬべきけしきなるを、いとゞしく道さへあしう侍らんには、おまへたちの、いかでかかやすくは越《こ》え給はんとする、さらにさらに、ふようなめりといふをきけば、又いかゞせましと、みな人　心よわく思ひたゆたはるゝを、戒言大徳《おおとこ》ひとり、いなとよ、さばかりおそろしき道ならんには、絶《たえ》てゆく人もあらじを、人もみなゆくめれば、なにばかりの事《こと》かあらん、足《あし》だにもあらば、いとよう越《こえ》てんと、つゆ聞《き》きおぢたるけしきもなく、はげましいはるゝにぞ、さは御心《みこころ》なりとて居《を》りぬ。

帰路をめぐって意見が分かれた。

宣長は、往路とは道を違えて本街道を歩きたかった。先祖の本居家が仕えた北畠の本拠だった多気を訪ねて、武家としてのルーツを確かめたい。

しかし供の者は「その道は全て険しき山ばかりで、さらにかい坂、ひつ坂などのひどい坂がある。天候も悪い」と反対する。宣長は本街道を歩きたい、しかしその本音を言わない。ここで、戒言法師が助け舟を出す。「他の人も皆行く。歩く足さえあれば大丈夫だ」と励ませば、皆の気持ちも落ち着いた。旅を通して、戒言法師は良き相談相手だったと読み取れるところだ。

稲掛茂穂（後の本居太平）は、『ゑふくろの日記』に宿の様子を残している。意訳で紹介する。

「今宵の宿は、また榛原の宿である。ここは奈良より初瀬を経て、伊勢に詣でる人が阿保越え（伊勢表街道）、赤羽根越（伊勢本街道）に分かれ行く道のチマタに在り、たいそうな賑わいである。この宿は、ことに多くの旅人を泊める宿で、主はあちこち歩きまわり指示をする。若い女はいろいろな物を持ち歩いて騒々しい。

茶を飲みたいと手を打てば、遠くから声を合わせて『あいー』としり上がりの返事をするのもおもしろい。やがて、たすきを揺り動かして、茶を届けに来る。猿楽のようだと言えば、笑いつつ、負けずに言い返すのも仕事の内である。大和の国は農家の女、薪をとる山働きの男も物言いが雅である。」

一行が泊まった宿はいずれか、それを考えねばならない。

翌朝の出立の様子を見てみたい。「十三日。雨そぼふるに。まだ夜をこめて。かのおそろしくいひつる道にいでたつ。そはこの里中より。右のかたへぞわかれゆく。」

　萩原の町はL字型に発達した。現在の「あぶらや」を起点に考えると北への町と東への道である。「右にわかれゆく」となると、阿保越えへの町筋（東方面）の旅籠ではないだろう。「あぶらや」を含めて三叉路より北の旅籠に泊まったとみるが、「右のかたへぞわかれゆく」の語感から、「あぶらや」泊りとみることに魅力を感ずる。

　『宇陀歴史誕生Ⅳ』で山本雅則が「あぶらや」の来歴を考証している。これを、かいつまんでみてみよう。

　中川家（榛原町萩原）は、現在でも地元の人々から、あぶらやと親しみを持ってよばれている。もともとは油屋の名で油稼ぎを行っていた。しかし、店は往来の多い伊勢街道筋に面していたため、油屋を廃業して「あぶらや」の屋号で旅籠を始めた来歴があるという。安永二年（一七七三）以前に旅籠を始め、明治十年（一八七七）ごろまでは旅籠を営業していたと山本は論証する。

旧旅籠「あぶらや」宇陀市榛原

伊勢本街道。田口から石名原まで

十三日。雨そぼふるに、まだ夜をこめて、かのおそろしくいひつる道にいでたつ。そはこの里中《さとなか》より、右のかたへぞわかれゆく。けさはいさゝか心地《こゝち》もあしければ、ゆくさきの山路のほどいかならんと、今よりいとわびし。この道より、室生《むろふ》は程ちかしときけど、雨ふりまさりて、道もいとあしければ、えまうでず。

田口といふ宿まで、はいばらより三里半とかや、まづ石わり坂などいふをこえて、道のほどいと遠し。田口より、又山どもあまたこえ行きて、桃《もも》の俣《また》といふへ二里。又山こえて二里ゆけば、菅野《すがの》の里なり。こゝより多気《たけ》へ四里ありとぞ、此のあひだになん、やまとゝ伊せの国ざかひは有りける。さて今日は、多気《たけ》まで物すべかりけるを、雨いみじうふり、風はげしくて、山のうへ行《ゆ》くほどなどは、みの笠も吹きはなちつゝ、ようせずは、谷の底《そこ》にもまろびおちぬべう、ふきまどわすに、猶ゆくさき、聞ゆるかひ坂もあなるを、かくてはえ越《こ》えやらじとて、石な原といふ所にとまりぬ。

今日《けふ》は、はいばらよりこなた、いづこも〳〵、たゞ同じやうなる山中にて、何の見どころもなかりしを、桜はところ〴〵にあまた見えて、なほさかりなりき。されど日もいとあしく、うちはへ心地さへなやましかりければ、何事もおぼえで、過来《すぎき》つれば、歌などもえよまずなりにきかし。

大和の中南部から神宮へは阿保越、赤羽根越、高見山の峠を越える三街道があった。「阿保越」は上街道、「赤羽根越」は中街道、「高見越」を下街道という。阿保越は伊勢表街道、赤羽根越を伊勢本街道ともよばれた。

伊勢本街道は参宮の最短コースではあったが、街道は深い山川を縫っての道で難所とされた数多くの峠を越えなければならなかった。さらに行程を相談した萩原の旅籠の様子をみれば、この道は伊勢参宮の本道《ほんどう》の座を「表街道」に譲っていたとも読み取ることができる。

この事情は、今歩いても同じである。

「伊勢表街道」は、町中の道である。見どころは多く、山は青山峠だけである。さらに故障が出たら、街道に隣接する近鉄大阪線の最寄り駅でいつでもウォークを中止することができる。

「伊勢本街道」はそれと事情が異なる。常に重畳たる山脈《やまなみ》の中に、街道はある。公共交通機関は極めて限られている。タクシーを呼ぶことも至難である。

宣長一行は激しい雨、吹きすさぶ嵐の中を萩原から石名原まで一日で歩いた。猛暑の中、私は何日にも分けてここを歩いた。榛原から赤埴、石割峠を越えて田口までで一日、田口から山粕、鞍取峠を越えるだけで一日、桃股から石名原までが二日かかった。

街道は大和を過ぎて伊勢の国に入る。

飼坂を越えて多気へ

十四日。雨はやみぬれど、なほこころあしければ、例のあやしきかごといふ物にのりて、飼坂《かいさか》をのぼる。げにいとけはしき山路也けり。されどおのれはかろよりならねば、さもしらぬを、みな人の、とばかりゆきては、息衝《いきつき》立ろやすらひつゝのぼるを見るにぞ、くるしさ思ひやられぬる。とものをのこは、荷もたればにや、はるかにおくれて、やう〳〵にのぼりくるを、つゞらおりのほどは、いとまぢかく、たゞここもとに見くだされたり。

さてたむけなる茶屋にしばしやすみて、此の坂をくだれば、やがて多気の里なり。こゝはおのが遠《とほ》つ祖《おや》たちの、世々につかうまつり給ひし北畠の君の、御代々《おんよよ》へてすみ給ひにし所なりければ、故郷のこころして、すゞろになつかしく覚ゆ。此度も、おほくは此の御跡《みあと》をたづね奉んの心にて、此の道にはきつるぞかし、所のさま、山たちめぐりて、いとしも廣からねど、きのふ来《こ》し里々にくらぶれば、こよなううちはれて、ひろう長き谷なりけり。

かの殿《との》の跡は、里より四五町ばかりはなれて、北の山もとに、真善院《しんぜん井ん》とてわづかなる小寺のある、里人は今も國司《こくし》とぞいふなる。そこに北畠の八幡宮とておはするは、具教《とものり》大納言、【國司一世号寂光院不智】の御《み》たまを、いはひまつれる御社とぞ。先祖《せんぞ》の事思ひて、ねんごろに伏《ふ》しをがみ奉

る。をりしも雨いさゝか降《ふ》りけるに、

下草の末葉もぬれて春雨に　かれにしきみのめぐみをぞ思ふ

堂のまへに、そのかみの御庭《おんには》の池、山、たて石なども、さながらのこれるを見るにも、さばかりいかめしき御《おん》おぼえにて、栄《さか》え給ひし昔の御代《みよ》の事、思ひやり奉りて、いとかなし、

君まさでふりぬる池の心にも　いひこそいでねむかしこふらん

「お伊勢参りでこわいとこどこか　飼坂　櫃坂　鞍取坂」とうたわれた飼坂を越えた。峠を越えれば、「くだりゆるゆる　くだれば多気なり」といい、奥津からの登りの厳しさが言いならわされてきた。

「さてたむけなる茶屋にしばしやすみて」と宣長は書き留める。この茶屋跡らしき広場はいまも残る。茂穂（後の本居大平）は『餌袋日記』で、「かろうじてたむけ（峠）にのぼりいたりたる、道のかたはらに、あひむかひたる茶屋ありて、こゝらのをんな（女）なども手うちならしてまねきなどして、申《まを》しく〵、こなたにこなたにと左右《ヒダリミギリ》よりかしかましうよびさへづるもめづらし」（『本居宣長全集別巻3』）と、峠の情景のありさまを書き残している。

現在は飼坂峠を貫くトンネルが開通（平成元年）しており、移動はたやすくなっている。峠を越

える伊勢本街道もウオーキングの道として整備されている。

さて、北畠は南北朝のたたかいで田丸城を失い本拠地を多気《たげ》に移した。一三四二年である。織田信長に攻め滅ばされた天正四年（一五七六）まで、北畠家は二百年余りも、この多気を拠り所としている。

この多気の町、信長に攻撃される前の室町時代の町の姿が「多気城下絵図」として、多気で複製図が市販されている。この地図によれば霧山城が町を見下ろし、八手俣川を挟んで武家屋敷、町人の町筋、数多の寺院が配されており、多気は重厚な城下町として栄えていた。

宣長は、北畠の八幡宮を訪れた。「先祖の事思ひて、ねんごろに伏《ふ》しをがみ奉る。」と記す。「堂のまへに、そのかみの御庭《おんには》の池、山、たて石なども、さながら残れるを見るにも、さばかりいかめしき御《おん》おぼえにて、栄《さか》え給ひし昔の御代《みよ》の事、思ひやり奉りて、いとかなし」と庭を紹介し、在りし日の北畠の栄華をしのんだ。

この庭園は今も残る。庭は室町時代の武家庭園で近江の朽木村の旧秀隣寺庭園、一条谷の朝倉氏遺跡庭園と並ぶ室町時代の有数の武家庭園である。

本居家の先祖の事蹟に触れる文書を求めて、宣長は、ここで再び多気の里に戻った。

本居家の歴史を絵図と文書でたどる

この上のかたの山を、霧《きり》が峯《みね》とかいひて、御城《おんしろ》の有りし跡ものこれりとぞ。されど高き山なれば、えのぼりては見ず。さてむかしの事共かきとゞめたる物などやあると、此の寺のほうしに尋ねけるに、此のごろあるじのほうし物へまかりて、なきほどなれば、さる物も、この里の事おこなふ者の所に、あづかりをるよしいらへけるは、留守《るす》なめり。

さてその物見に、又里にかへりて、かの家たづねて、しか〳〵のよし請《こ》ひけるに、とり出でて見せける物は、此所《このところ》のむかしの絵《え》図《ず》一ひら、殿より始めて、つかへし人々の家、あるは谷々の寺ども、町屋などまで、つぶさに写《うつ》しあらはしたり。さては、つかへし人々の名どもしるしあつめたる書《ふみ》一巻《ひとまき》あり。披《ひら》きて見もてゆくに、かねて聞《き》きわたる人々、又は今もこゝかしこに、その子孫《ぞう》とて残《のこれ》るが先祖《せんぞ》など、これかれと多《おお》かる中に、己《おの》が先祖の名【本居宗助】も見えたり。かの絵図《えず》に、その家も有りやと、心とゞめてたづね見けれど、そは見あたらざりき。

本居家のルーツは、多気を本拠とした北畠家の家臣である。そのことに宣長はこだわった。

「そも〳〵わが家の遠つ祖は……げにいやしき民にもあらず、もののふのつらにて在りしを、道印君から道樹君まで、四世の間は、町人といふくだり給ひ、道休君の世より、富栄え給ひて、豊かには経給ひながら、なほいへば商人のつらにて有し」（『家のむかし物語』より）と述べている。その示すところは、自らの資質の根源は「商人のつら」ではなく「もののふのつら」だと、思いを語っている。

さらに、「武連主（本居惣助のこと）の事は、北畠殿の御内の士の姓名を集め録せる物に、阿坂城目付としるしたり、此城は、壱志郡大阿坂村の山上にあり」と、その役職も具体的に示している。

多気で、宣長はそれを確かめたかった。

北畠家には数多の家臣帳が残されている。家臣帳は江戸時代に広く書き写され、各地に伝えられた。それが残されている。たとえば、その何種かの実物が神宮文庫に残されていた。それを拝見した。『永禄八年北畠家臣帳』には「旗本二百石　本居惣助」と記述されている。

宣長が示している「阿坂城見付」も確かめてみた。それは小林孚が復刻した『北畠家家臣録考』（松阪市図書館所蔵）に記されていた。表題が無く、裏書に「安永二年……下多気北畠養拙老以令子借閲……」と書かれた家臣録に載せられており、「本居惣助阿坂城目付」とある。

宣長は、みずからの「物まなびの力」は、「商人のつら」を離れて「もののふの祖」の力を引き継ぐもの（『家のむかし物語』による）と考えていた。自らの出自を確かめる多気での調査も、その意識の強さを裏付けるものであった。

柚の原から松坂へ

かくて此の家にかたらひて、くひ物のまうけなどして行《ゆ》く。さるは伊勢にまうづる道は、こゝよりかの櫃《ひつ》坂といふをこえて、南へゆくを、今はその道ゆかんは遠ければ、堀坂《ほりさか》をこえてかへらんとするを、そのかたは、旅人の物する道ならねば、くひ物などもなしときけばなりけり。又しもかの寺のまへをとほり、下多気にかゝりて、山をこえ、小川《おがは》、柚《ゆ》の原《はら》などいふ山里を過ぎて、飯福田寺《いぶたでら》にまうづ。こゝはすこし北の山陰《やまかげ》へまはる所にて、道のゆくてにはあらねど、御嶽《みたけ》になずらへて、精進《そうじ》などしつゝ、国人《くにひと》のまうづる所にて、かねてきゝわたりつるを、よきついでなれば、まはりてまうづる也けり。山は浅《あさ》けれど、いと大きなる岩ほなど有りて、谷水もいさぎよく、世ばなれたる所のさまなり。

さて与原《よばら》といふ里にいでゝ、寺に立ち入りて、しばしやすみて堀坂をのぼる。こはいと高き山なるを、今はその半《なから》までのぼりて、峯は南になほいとはるかに見あげつゝ、あなたへうちこゆる道なり。このたむけよりは、南の島々、尾張、三河の山まで見えたり。日ごろはたゞ山をのみ見なれつるに、海めづらしく見渡したるは、ことに目《め》さむる心地《こゝろ》す。わがすむ里の梢も手にとるばかりちかく見付けたるは、まづ物などもいはまほしき迄ぞおぼゆるや。

さてくだる道。いととほくて、伊勢寺すぐるほどは、はや入相になりにけり。いぶたにまはりし所より、供のをのこをば、さきだて、やりつれば、みな人の家よりむかへの人々などきあひたる。うちつれて、暮《くれ》はてぬる程にぞ、かへりつきける。かくてたひらかに物しつるは、いとうれしき物から、今はとて、ときすつる旅のよそひも、ひごろのなごりはたゞならず。

ぬぐもをし吉野のはなの下風に　ふかれきにけるすげの笠は

よしや匂《にほ》ひのとまらずとも、後しのばん形見《かたみ》にも、その名をだにと、せめてかきとゞめて、菅笠《すががさ》の日記《にき》。

本居宣長

吉野への旅の十日目である。

石名原から奥津《おきつ》、飼坂を越えて多気《たげ》から白口《しらくち》、上小川、花園、蘭《あららぎ》、柚原《ゆのはら》を経て飯福田《いぶた》寺に寄り道した。さらに与原に下り、堀坂《ほっさか》峠を登りなおして伊勢寺に下るというコースだった。宣長一行が歩んだ道は約四十キロメートル、その間には多気での調査にも時間をかけている。

街道としての設備が整う道ではなかった。「旅人の物する道ならねば」ではあるが、多気から松坂に向かうには最短の道であった。さらに、この道は北畠が国を治めた道であり、山あいの住民の生活の道でもあった。この道を宣長は歩きたいと考えた。

川に沿って下る道ではない。山なみを横切り、川筋を渡る道である。地形は高原状を示していて、この山あいに山村、集落が点在している。集落は白口、中、菜種、貝坂、堀坂の峠に隔てられおり、宣長一行はそれを越えて松坂へ下った。

令和の時代に、この道を辿ってみた。

白口峠、中峠、菜種峠は困難を極めた。夏場の峠越えという事で笹薮をかき分けての道で、峠道に入るまでのアプローチが難しかった。いくつかの峠は廃道となっている。山を挟んで物の流れがあり、人の交流があって、山の鞍部を越える峠道が必要となる。現代は北畠の時代、宣長の時代とは生活環境、交流、交通手段は全く異なっており、峠の道が無くなるのは必然である。

一行は堀坂峠を越える。

「このたむけよりは、南の島々、尾張、三河の山まで見えたり。日ごろはたゞ山をのみ見なれつるに、海めづらしく見渡したるは、ことに目さむる心地す。わがすむ里の梢も手にとるばかりちかく見付けたるは、まづ物などもいはまほしき迄ぞおぼゆるや。」とある。

しかし、今の峠は森の中である。宣長一行の気分を確かめたかった。伊勢の海も三河の山も見渡される堀坂山に登るために、あらためて奈良から出直した。令和六年八月の末である。山も海も霞の彼方で、足下の松阪さえ定かにはならない眺望だった。しかし宣長一行が旅の始めに渡ったという三渡川はおぼろげに眺められた。鮮やかさは異なれど、これが宣長が見た景色だった。

夜も更けてから、宣長は帰宅する。

旅を無事に終えたことに感謝し、「ぬぐもをし吉野のはなの下風に　ふかれきにけるすげのを笠は」と吉野の花に思いを残した。

宣長道　菜種峠

飯福田寺境内

掘坂山　山頂

あとがき

「『菅笠日記』のすべてを読みたい」、「その道を完全に辿ってみたい」は、僕の長い間の夢だった。奈良シニア大学から、シリーズで『菅笠日記』をお話しする機会をいただいた。それは四年前の春のことで、その講話の準備が僕の夢を適える始まりとなった。

それ以降、このテーマでお話しする機会を度々いただくことになった。談山神社で開催された、このテーマの講演会に京阪奈情報教育出版の住田幸一社長が参加された。社長は「この講演を本にしたい」と言われる。

『菅笠日記』のすべてを収録すること、コースをすべて歩くことを前提にして、『令和に歩く菅笠日記』を書名とすることは、たやすく決まった。

それからが苦難の道だった。しかし、一歩進むごとに地平線の先が見えてくるような楽しみの歩みでもあった。新たな発見の喜び、それぞれの苦難や挫折は本書にすべて書き込んだ。

『菅笠日記』の道は長い。チェックポイントは数えきれない。分からないこと、分からない道は次々と生まれた。しかし、その都度現地に援軍が現れた。歩く道、訪れた先で教示される方に常に出会うことができた。あらためて関わっていただいたすべての皆さんに感謝の思いで頭を垂れたい。

ウォークに同行し、共に楽しんでくれた友人、行き詰まった時に支えてくれた家族の暖かい心に深謝する。

最後に、企画をたて、編集をすすめていただいた京阪奈情報教育出版にお礼を申し上げたい。

ありがとうございました。

令和六年十月

雑賀　耕三郎

<著者プロフィール>

雑賀　耕三郎（さいが　こうざぶろう）

昭和22年生まれ。 談山神社総代。

奈良まほろばソムリエ、桜井市自治連合会副会長。

奈良まほろばソムリエの会理事・副理事長を歴任。

「奈良再発見」（産経新聞）、「ディスカバー奈良」（毎日新聞）、「談山神社社報」にて連載執筆に参加。

奈良シニア大学、近鉄カルチャーセンター、奈良まほろば館（東京）、桜井まほろばカルチャーセンターで講演。

「大和の美仏にであう旅」（JTB）、「古事記でたどる大和の旅」（クラブツーリズム）のコース立案・講師にあたり、「大人の学校」（溝口教室）の企画、案内を行った。

「大和路再発見」（奈良交通）、ちとせなら社にて古墳をテーマのツアー講師を務めている。

京阪奈新書
令和に歩く菅笠日記

2024年11月25日　初版第1刷
2025年3月18日　2版第1刷

著　者：雑賀　耕三郎
発行者：住田　幸一
発行所：京阪奈情報教育出版株式会社
〒630-8325
奈良市西木辻町139番地の6
https://narahon.com/　Tel:0742-94-4567
印　刷：共同プリント株式会社

ISBN978-4-87806-760-0

京阪奈新書創刊の辞

情報伝達に果たす書物の役割が著わしく低下しつつある中、短時間で必要な知識や情報の得られる新書は、多忙な現代人のニーズを満たす活字文化として、書店の一画で異例の繁栄を極めている。

かつて、活字文化はすなわち紙と印刷の文化でもあった。それは、人々が書物への敬意を忘れなかった時代でもあり、読書を愛する者は、知の深淵へと降りていく喜びと興奮に胸を震わせ、嬉嬉としてページを繰ったのだった。

日本で初めて新書を創刊した出版界の先達は新書創刊の目標として、豊かな人間性に基づく文化の創出を揚げているが、活字文化華やかしころの各社の新書の中からは、文化を創出する熱い志（こころざし）に溢れた古典的名著が数多く生まれ、今も版を重ねている。

デジタル時代の今日、題名の面白さに凝ったおびただしい数の新書が、入れ代わり立ち代わり書店に並ぶが、昨今の新書ブームには、アナログ時代の新書にはあった大切なものが欠落してはいないだろうか。

ともあれ、このたび我が社でも新書シリーズを創刊する運びとなった。

高邁（こうまい）な理想を創刊理念として掲げ、実際に人生や学問の指標となる名著が次々と生まれた時代への熱い思いはあるが、適度な軽さもまた、デジタル時代のニーズとしてとらえていくべきだろう。

とにもかくにも、奈良にどっしりと腰を据えて、奈良発の『知の喜び』を形にしてゆきたい。

平成二十九年　晩秋

京阪奈情報教育出版株式会社